Le plus beau des secrets

MELANIE MILBURNE

Le plus beau des secrets

Traduction française de
CAROLINE JUGNET

Azur

HARLEQUIN

Collection : Azur

Titre original :
THE SECRET BABY BARGAIN

Ce roman a déjà été publié en 2012

HARPERCOLLINS FRANCE
83-85, boulevard Vincent-Auriol, 75646 PARIS CEDEX 13
Service Lectrices — Tél. : 01 45 82 47 47

www.harlequin.fr

ISBN 978-2-2804-1338-1 — ISSN 0993-4448

1.

A l'instant même où elle franchit le seuil de la maison familiale, après sa journée de travail, Ashley sut que quelque chose n'allait pas.

— Maman ?

Sa mère, d'ordinaire si enjouée, affichait une mine défaite. Laissant tomber son sac à main par terre, Ashley chercha du regard son petit garçon de trois ans et demi.

— Que se passe-t-il, maman ? Où est Lachlan ?

Sa mère se tordit nerveusement les mains.

— Ma chérie… Lachlan va bien… Ton père l'a emmené pêcher dans la baie.

— Mais alors, qu'est-ce qui ne va pas ? demanda Ashley en fronçant les sourcils. On dirait que tu as vu un fantôme !

— Je ne sais pas comment te l'annoncer…, répondit sa mère en lui prenant les mains et en les serrant délicatement entre les siennes.

Ashley sentit son cœur s'affoler. Jamais elle n'avait vu sa mère aussi inquiète. En tout cas, pas depuis le jour où elle lui avait appris, à son retour de Londres, une nouvelle qui l'avait bouleversée.

— Maman, je t'en prie, dis-moi ce qui se passe ! Tu me fais vraiment peur.

— Ma chérie… il est revenu.

Ashley sentit son sang se glacer dans ses veines.

— Il était ici il y a un instant, poursuivit sa mère.

— Jake ? Ici ? Mon Dieu, alors il a vu…

— Ne t'inquiète pas, l'interrompit sa mère. Lachlan était déjà parti avec ton père.

— Et les photos ! Tu oublies les photos !

Ashley sentit son estomac se contracter violemment : il était impossible de faire un pas dans le salon sans tomber sur un portrait de Lachlan.

— Du calme, Jake n'a rien vu. J'ai veillé à ce qu'il reste dans le couloir.

Une autre pensée traversa soudain l'esprit d'Ashley.

— Oh, Seigneur ! Ses jouets ! s'exclama-t-elle d'une voix blanche.

— Je les avais rangés, la rassura sa mère.

— Dieu merci ! dit-elle dans un souffle, avant de s'effondrer sur un fauteuil.

Ashley se prit la tête entre les mains, luttant pour remettre de l'ordre dans ses pensées. Elle n'avait pas revu Jake depuis bientôt quatre ans et demi… quatre ans et demi de solitude et de chagrin ; et voilà qu'il était subitement de retour en Australie ! Qui plus est, ici même, à Sydney !

— Qu'est-ce qu'il voulait ? demanda-t-elle en relevant la tête.

— Te revoir. Il a dit qu'il ne quitterait pas la ville avant de t'avoir revue.

Ashley songea avec amertume qu'elle reconnaissait bien là Jake Marriott. Quand il voulait quelque chose, il lui fallait à tout prix l'obtenir : il se moquait complètement des désirs des autres.

— Je ne peux pas ! dit-elle en se levant d'un bond, avant de faire les cent pas dans le couloir. Non ! Je ne peux pas !

— Ma chérie, intervint sa mère d'un ton réprobateur, il est temps que tu te décides à lui parler. Jake a tout de même le droit de savoir qu'il a un fils.

— Jake n'a aucun droit ! s'emporta Ashley. Il a toujours

refusé d'avoir un enfant. Dès le début de notre relation, il s'était montré très clair : ni mariage ni enfant. C'était à prendre ou à laisser.

— Je persiste à croire que tu aurais dû le mettre au courant.

La gorge nouée, Ashley inspira péniblement, tandis que la douleur du passé la submergeait brutalement.

— Tu t'obstines à voir en lui un homme bien, rétorqua-t-elle, mais sache que si je l'avais informé de ma grossesse, il m'aurait forcée à avorter.

— Comment aurait-il pu t'y forcer ? objecta sa mère. Tu étais la seule à pouvoir décider.

— Tu oublies que j'avais à peine vingt ans, que Jake en avait vingt-neuf, et que nous habitions à des milliers de kilomètres de Sydney ! J'étais follement amoureuse… et si vulnérable, dit-elle, au bord des larmes. J'aurais été prête à faire n'importe quoi pour lui…

Sa mère poussa un soupir et prit Ashley dans ses bras, caressant doucement les cheveux blonds de la jeune femme, comme elle l'avait fait si souvent au cours des vingt-quatre dernières années.

— Oh, maman…, sanglota Ashley. Dis-moi ce que je dois faire.

Sa mère s'écarta d'elle, et lui répondit avec douceur mais fermeté :

— Il faut que tu rencontres Jake. Tu lui dois au moins ça. De plus, il traverse une période difficile. Son père vient de mourir, et j'ai cru comprendre que c'était pour cette raison qu'il était revenu à Sydney.

Abasourdie, Ashley suivit sa mère dans la cuisine. Jake avait toujours refusé de lui parler de son enfance, esquivant ses questions chaque fois qu'elle avait cherché à en savoir plus. Mais elle se rappelait très clairement qu'il lui avait dit que ses deux parents étaient morts. Pourquoi lui avait-il menti ?

— Où se trouve-t-il, maintenant ? demanda-t-elle à sa mère.

— Il est retourné à son hôtel. Pour l'instant, il loge en ville, mais j'ai eu l'impression qu'il comptait s'installer dans la maison de son père. Elle est située près d'ici, sur la côte Nord, ajouta sa mère en remplissant la bouilloire d'eau.

— Près d'ici ? répéta Ashley, stupéfaite.

— J'en ai bien peur. S'il emménage dans le quartier, tu auras le plus grand mal à lui cacher l'existence de Lachlan.

Ashley sentit son visage se décomposer.

— Tu dois dire à Jake la vérité, poursuivit sa mère en lui tendant une tasse de thé. Et puis, qui sait ? Il a peut-être évolué.

— Les hommes comme Jake Marriott ne changent pas, rétorqua Ashley d'un ton cinglant.

— Tout comme toi, Ashley, fit remarquer sa mère.

— Que veux-tu dire ?

— Howard ne demande qu'à t'épouser et à élever Lachlan comme son propre fils, mais ça fait trois ans que tu le fais languir. Ce pauvre homme a une patience d'ange…

Ashley leva les yeux au ciel, se préparant à subir une de ces leçons de morale dont sa mère avait le secret. Howard l'avait demandée plusieurs fois en mariage, mais elle n'avait pas encore arrêté de date pour la cérémonie. Et sa mère ne comprenait pas ce qui la retenait de sauter le pas. D'ailleurs, elle-même aurait été bien en peine de le dire…

— Tu l'aimes, n'est-ce pas ?

— Qui ?

— Howard, bien sûr ! s'exclama sa mère en fronçant les sourcils.

Ashley soupira. Howard était un ami merveilleux, et son soutien lui avait été précieux au cours de ces années difficiles. Il avait eu la gentillesse de lui offrir un emploi à temps partiel en tant qu'acheteuse pour sa petite chaîne de magasins d'antiquités, et elle lui était infiniment reconnaissante de l'avoir aidée à remonter la pente. Mais de là à dire qu'elle l'aimait… De toute façon, elle avait perdu toute foi en l'amour quatre ans plus tôt.

— Tu sais à quel point je suis attachée à lui, répondit-elle. Cela dit, je préfère attendre que Lachlan soit en âge d'aller à l'école pour me marier. Dans l'immédiat, mieux vaut éviter de chambouler la vie de mon petit garçon.

— J'espère au moins que Howard et toi partagez des moments intimes.

— Maman ! Ça ne te regarde pas ! s'indigna Ashley, les joues en feu.

Sa mère se planta devant elle, les bras croisés.

— Ça fait plus de trois ans que tu le connais. Combien de temps as-tu attendu avant de faire l'amour avec Jake ?

Ashley lui lança un regard noir.

— Trois jours, c'est bien ça ? enchaîna sa mère, imperturbable.

— Justement, ça m'a servi de leçon, répliqua Ashley d'un ton coupant.

— Ma chérie… Ne crois pas que je cherche à te dicter ta conduite, dit sa mère en poussant un profond soupir, mais je pense qu'il serait moins éprouvant pour toi de revoir Jake si tu sais précisément où tu en es avec Howard. Je n'ai pas envie de te voir de nouveau souffrir.

— Jamais plus je ne laisserai Jake me faire du mal, affirma Ashley sur un ton péremptoire. Je suis d'accord pour le rencontrer, mais je ne lui parlerai pas de Lachlan.

— Tu as tort. Ton fils voudra un jour connaître son père. Et puis, imagine la réaction de Jake s'il découvrait par lui-même la vérité !

— Ça ne changerait strictement rien. De toute façon, il n'acceptera jamais d'avoir un enfant.

Soudain assaillie par le douloureux souvenir de leur séparation, Ashley se mordit nerveusement la lèvre.

— S'il l'apprend, il ne ressentira que de la colère, enchaîna-t-elle.

Sa mère sortit de sa poche une carte de visite qu'elle lui tendit.

— Jake attend ton appel. Il a noté le nom de son hôtel au dos de la carte. Je pense qu'il serait bon que vous vous rencontriez là-bas, en terrain neutre.

Ashley baissa les yeux sur la carte de visite et vit, imprimé en lettres argentées : *Jake Marriott, P.D.G de Marriott Architecture.*

— Papa et toi pouvez vous occuper de Lachlan ce soir ? s'enquit-elle d'un ton résigné.

Sa mère hocha la tête.

— Je suis fière de toi, ma chérie. Tu prends la bonne décision, dit-elle en lui souriant tendrement.

Une demi-heure plus tard, tandis qu'elle s'apprêtait à pénétrer dans le luxueux hôtel où était descendu Jake, Ashley se demanda si elle avait toute sa raison. Elle n'avait pas prévenu Jake de son arrivée, et même si elle cherchait à se convaincre que c'était pour se donner l'avantage de la surprise, elle savait qu'en vérité, elle n'avait tout simplement pas eu le courage de l'appeler.

Elle entra dans le somptueux bâtiment et se rendit directement à la réception. Pendant qu'un employé prévenait Jake, elle alla s'installer sur une des chaises hautes du bar et commanda une eau de Seltz. Elle pressentait pourtant qu'elle serait incapable d'en avaler une seule goutte, tant sa gorge était nouée par l'angoisse.

Au bout de quelques minutes, comme alertée par un sixième sens, elle tourna la tête vers la rangée d'ascenseurs. Elle vit alors sortir de l'un d'entre eux une haute silhouette qu'elle aurait reconnue entre mille.

Elle regarda s'approcher Jake, incapable de détacher les yeux de son corps parfait. Il avait toujours aimé les sports d'endurance, et elle songea en contemplant son physique athlétique et élancé que ce devait encore être le cas. Son impressionnante stature lui conférait une allure distinguée, presque aristocratique. Même s'il n'avait jamais été le genre d'homme à fréquenter les boutiques de luxe, il était d'une élégance à couper le souffle, plus séduisant encore que dans son souvenir.

Ashley regarda son visage hâlé, ses cheveux noirs ondulés négligemment ramenés en arrière, et elle fut subitement envahie par une immense vague de nostalgie. Elle avait tendrement effleuré la petite cicatrice au-dessus de son sourcil droit, exploré de ses doigts et de sa bouche chaque centimètre de sa peau…

Et pourtant, elle avait l'impression de ne l'avoir jamais vraiment connu. Pour une raison qu'elle ignorait, Jake l'avait empêchée de découvrir qui il était vraiment…

— Bonjour, Ashley.

Elle frissonna au son de sa voix profonde et veloutée, au léger accent britannique. Elle avait si souvent eu envie de l'entendre, au cours des dernières années !

— Bonjour, Jake.

Elle croisa rapidement son regard, espérant ne rien laisser paraître de son émotion.

— Tu as l'air en forme, dit-il en balayant sa silhouette d'un œil expert. Tu n'aurais pas un peu grossi ?

Ashley fit la moue.

— Je constate que tu es toujours aussi doué pour les compliments, répondit-elle avec un soupçon d'aigreur.

Il haussa les sourcils, un sourire moqueur aux lèvres.

— Et moi, je vois que tu es toujours aussi susceptible… En fait, je trouve que ça te va plutôt bien, dit-il en contemplant sa poitrine. Tu étais si mince !

— Sans doute parce que la vie avec toi était un stress

permanent, riposta Ashley avant d'attraper son verre d'une main mal assurée.

Elle baissa les yeux et se réprimanda en silence pour son manque de sang-froid. « Seigneur, faites que je sorte indemne de ce rendez-vous », pensa-t-elle.

— Tu as probablement raison, dit Jake au bout d'un moment.

Stupéfaite, Ashley releva les yeux vers lui. Etait-il possible qu'il éprouve des regrets ?

Après s'être installé sur le tabouret à côté du sien, Jake fit signe à l'employé du bar, qui le servit aussitôt.

— Ma mère m'a informée de la raison de ta visite, enchaîna-t-elle.

Jake ne répondit rien, mais Ashley vit briller un éclat indéchiffrable dans les profondeurs de ses beaux yeux noirs. Puis il porta son verre à ses lèvres et commença à boire à grands traits.

Il était assis tellement près qu'elle aurait pu le toucher, et pourtant, Ashley avait l'étrange impression qu'il était entouré par une sorte de mur invisible.

Comme le silence devenait pesant, elle reprit la parole :

— Pourquoi m'avoir dit que tes parents étaient morts ?

— A l'époque, je pensais que c'était ce qu'il y avait de mieux à faire.

— Et bien entendu, cela ne t'a posé aucun problème de me mentir, dit-elle avec amertume.

Il la regarda droit dans les yeux.

— Crois-moi ou non, je l'ai fait à contrecœur. Je n'avais pas le courage de tout expliquer…

Ashley le scruta tandis qu'il buvait une autre gorgée. Que voulait-il dire par « tout expliquer » ?

— Quand es-tu arrivé ici ?

— Il y a deux semaines environ. Après l'enterrement de mon père, j'ai voulu attendre la lecture du testament et voir s'il me léguait quelque chose, répondit-il avant de reposer son verre vide sur le comptoir.

Apparemment, Jake et son père n'étaient pas en très bons termes… Ashley fut soudain saisie par l'envie impérieuse et soudaine de lui offrir un peu de réconfort. Elle dut se cramponner à son verre pour s'empêcher de poser la main sur son bras.

— Et alors… il t'a laissé quelque chose ?

Jake eut un petit sourire désabusé, puis il plongea ses yeux noirs dans les siens.

— Rien que j'aie vraiment voulu.

Incapable de supporter l'intensité de son regard, Ashley baissa les yeux sur la tranche de citron qui flottait dans son verre.

— Ça doit être dur pour toi, dit-elle en remuant machinalement la paille dans son eau pétillante.

Jake regarda les doigts longs et fins d'Ashley s'agiter nerveusement. Il se sentait contrarié de voir qu'elle se sentait mal à l'aise en sa compagnie.

Lui-même avait dû prendre son courage à deux mains pour se rendre chez les parents d'Ashley. D'ailleurs, il avait bien failli renoncer au dernier moment, mais le besoin de la revoir avait finalement été le plus fort. Il fallait qu'il sache ce qu'il avait perdu…

— Oui, ce n'est pas facile, reconnut-il.

Elle était superbe.

Il l'avait toujours trouvée magnifique, mais elle était désormais plus épanouie, plus femme, et ses courbes voluptueuses lui donnaient envie de couvrir son corps de caresses.

Si seulement ils se rencontraient aujourd'hui pour la première fois ! Maintenant qu'il avait enfin réussi à enterrer son passé, ce passé qui les avait si tragiquement séparés…

Jake jeta un bref coup d'œil à la main gauche d'Ashley et constata avec soulagement qu'elle ne portait pas d'alliance.

— Je trouve que ta mère n'a pas changé, poursuivit-il.

— En effet…

— Que devient ton père ?

— Il est en retraite, répondit-elle. Et content d'avoir du temps pour jouer av…

Elle s'interrompit brutalement et Jake la regarda d'un air interrogateur.

— Au golf ? suggéra-t-il.

Ashley saisit la balle au bond.

— C'est ça… au golf. Il passe beaucoup de temps à jouer au golf.

— J'ai toujours apprécié ton père, dit-il avec chaleur.

Ashley sentit les larmes lui monter aux yeux. Un an après sa rencontre avec Jake, elle avait invité ses parents et ses sœurs cadettes, Mia et Ellie, à passer Noël à Londres avec eux. A cette occasion, elle avait été très touchée par l'accueil que Jake leur avait réservé. D'une nature peu expansive, il avait pourtant parfaitement su s'adapter à cette famille bruyante et animée qui était la sienne.

— Comment vont tes sœurs ? demanda-t-il après une courte pause.

Ashley eut un petit sourire de fierté.

— Mia fait de son mieux pour percer en tant qu'actrice. Il y a un mois, elle a décroché un petit rôle dans une comédie musicale. Elle nous a vraiment impressionnés. Quant à Ellie… eh bien, tu connais Ellie…, dit-elle en songeant avec tendresse à sa petite sœur adoptive. C'est la championne des bonnes causes. Elle travaille à temps partiel dans un café, mais passe le plus clair de son temps à faire du bénévolat dans un refuge pour animaux.

— Et toi ? demanda-t-il en la regardant droit dans les yeux.

— Moi ?

Troublée par son regard brûlant, Ashley sentit son cœur s'emballer.

— Oui, toi. Qu'est-ce que tu deviens ?

Jake lui sourit doucement, et elle se rappela soudain la douceur veloutée de ses lèvres et le goût de ses baisers.

— Je…

Elle inspira profondément.

— Oh, rien de spécial, poursuivit-elle en s'efforçant de ne rien laisser paraître de son trouble. Je travaille comme acheteuse pour un magasin d'antiquités.

Elle écarta son verre d'un geste de la main.

— Les antiquités Howard Caule, ajouta-t-elle.

Jake fit signe au barman de lui servir la même chose, avant de se tourner de nouveau vers elle.

— J'ai entendu parler de lui, dit-il. C'est un bon patron ?

— Oui. Il est… il est gentil.

Un sourire moqueur se dessina sur le visage de Jake.

— Gentil ?

Ashley baissa les yeux, gênée.

— Absolument. Et c'est aussi un ami fidèle.

— Tu sors avec lui ?

Elle lui jeta un regard noir.

— Ce ne sont pas tes affaires ! s'écria-t-elle, les joues brûlantes.

Tandis que Jake la dévisageait en silence, la tension monta d'un cran. Il était si près d'elle qu'elle sentait l'odeur enivrante de sa peau, mêlée au parfum épicé de son après-rasage.

— Tu es vraiment susceptible ! lança-t-il, un sourire moqueur toujours rivé aux lèvres.

Ashley fixa son verre encore plein, regrettant de ne pas se trouver à des milliers de kilomètres de là.

Elle n'y arriverait pas…

Comment pourrait-elle se montrer calme et détendue en présence de Jake Marriott, alors que tout en lui la déstabilisait ?

— Pas du tout, riposta-t-elle d'un ton brusque. Mais ma vie privée ne te concerne plus.

Il y eut un long silence.

— Ashley…

Soudain, du dos de la main, Jake effleura la joue de

la jeune femme. La caresse était si douce qu'Ashley fut emportée par un tourbillon d'émotions. En un éclair, elle repensa aux moments merveilleux qu'ils avaient vécus ensemble, et elle dut se mordre l'intérieur des joues jusqu'au sang pour ne pas pleurer.

— J'aimerais te revoir pendant que je suis à Sydney, reprit-il d'une voix rauque. Je compte rester ici plusieurs semaines, et j'ai pensé qu'on pourrait rattraper le temps perdu.

Ashley se sentit envahie par la colère. Elle imaginait très bien ce qu'il voulait dire par « rattraper le temps perdu » : quelques parties de jambes en l'air avant qu'il ne retourne à Londres, auprès de celle qui devait sagement l'attendre là-bas.

— C'est hors de question, répondit-elle.

Le regard de Jake se fit plus dur.

— Pourquoi ?

Elle se mordit la lèvre, cherchant les mots justes pour décrire sa relation avec Howard.

— Il y a quelqu'un d'autre dans ta vie ? enchaîna Jake sans lui laisser le temps de répondre.

Elle prit une petite inspiration.

— En effet… Il y a quelqu'un.

— Pourtant, tu ne portes pas d'alliance.

Ashley lui jeta un regard ironique.

— La belle affaire ! J'ai passé deux années entières avec toi sans en avoir une !

Jake était décontenancé. Lui-même n'avait pas vécu comme un moine, pendant ces quatre années, mais aucune des femmes qu'il avait connues n'avait su le toucher comme Ashley, et il avait espéré qu'elle ne l'aurait pas remplacé… Cela dit, il n'était peut-être pas trop tard. Si elle éprouvait des sentiments aussi forts que les siens, il était permis de garder espoir…

— Et si je te disais que j'ai changé ? ajouta-t-il.

Ashley se leva d'un bond, fouilla dans son sac à main

et sortit de son portefeuille un billet qu'elle posa sur le comptoir.

— Je te répondrais que tu as quatre ans et demi de retard, Jake Marriott, lança-t-elle, les yeux brillants de colère. Je dois y aller, on m'attend.

Au moment où elle tournait les talons, Jake l'attrapa par le poignet et la força à faire volte-face. Ashley réprima un frémissement en sentant la chaleur de sa peau tout contre la sienne.

— Laisse-moi partir ! s'exclama-t-elle d'une voix beaucoup moins déterminée qu'elle ne l'aurait voulu, maudissant intérieurement Jake de l'emprise qu'il avait sur elle.

Il se leva à son tour et vint se planter juste en face d'elle, si près qu'elle dut retenir sa respiration pour éviter que leurs corps ne se touchent. Puis il plongea ses yeux noirs comme les ténèbres dans les siens, et elle s'efforça de soutenir son regard, luttant pour ne pas perdre trop vite une bataille qu'elle se savait incapable de remporter.

— Je ne peux pas te revoir, Jake, dit-elle d'une voix tendue. Je vais me marier.

Après une timide inspiration, elle ajouta :

— Avec mon ami Howard Caule.

Jake resserra l'étreinte autour de son poignet et une flamme dévorante s'alluma dans ses yeux.

— Tu n'es pas encore mariée, dit-il avant de la lâcher.

Etait-ce une menace ou une simple observation ? Ashley n'attendit pas de le savoir. Pivotant sur ses talons, elle quitta rapidement le bar, tentant de masquer par une démarche altière sa détresse intérieure.

Un désespoir sans nom s'empara de Jake tandis que la douloureuse vérité s'imposait à lui : il était trop tard. Avec le sentiment d'une totale impuissance, il regarda partir la femme qu'il aimait, le cœur en proie à une souffrance indescriptible.

2.

Pendant toute la durée du trajet qui la conduisait à la maison de ses parents, Ashley ne cessa pas une seconde de repenser à sa rencontre avec Jake.

Elle avait souffert d'entendre de nouveau sa voix grave au timbre velouté, de regarder sans pouvoir les toucher ces mains qui l'avaient autrefois caressée et menée aux sommets du plaisir, de voir sa bouche si sensuelle, cette bouche qui l'avait autrefois embrassée avec passion… sans jamais prononcer de mots d'amour.

Plus dur encore, elle avait souffert de devoir le rejeter. Mais quel autre choix avait-elle ? Si elle continuait à fréquenter Jake, elle ne pourrait pas lui cacher indéfiniment la vérité. D'un autre côté, comment annoncer à un homme qui n'avait jamais voulu d'enfant : « Au fait, voici ton fils. Tu ne trouves pas qu'il te ressemble ? »

— Maman !

A peine eut-elle ouvert la porte d'entrée que Lachlan accourut vers elle, jetant ses petits bras autour de ses jambes, qu'il serra fort.

— Hé ! Comment se fait-il que tu ne sois pas encore au lit ? fit-elle mine de le gronder.

Il leva la tête et elle vit ses beaux yeux noirs scintiller de joie.

— J'ai attrapé un poisson ! Papy m'a dit que je peux te le montrer !

Ashley se tourna vers son père, qui avait suivi Lachlan dans le couloir.

— Salut, papa ! La pêche a été bonne ?

Son père eut un large sourire.

— Tu aurais dû voir ça ! Et encore, les plus gros nous ont échappé.

Ashley se hissa sur la pointe des pieds et planta un baiser affectueux sur la joue rugueuse de son père.

— Merci infiniment de t'être occupé de lui.

Son père se tourna vers Lachlan.

— Que dirais-tu d'aller sortir ta belle prise du réfrigérateur ? On te rejoint dans la cuisine dans deux minutes.

Le garçon fila comme une flèche.

— Alors, qu'as-tu pensé de Jake ? poursuivit son père, une fois Lachlan parti.

— Je l'ai trouvé... fidèle à lui-même.

— Pourquoi voulait-il te revoir ?

— Pour me convaincre de reprendre notre relation. De manière temporaire, bien sûr.

Son père haussa légèrement ses sourcils broussailleux.

— Si je comprends bien, Jake n'a pas changé.

— Pas le moins du monde ! confirma-t-elle en poussant un soupir éloquent.

— Tu lui as parlé de Lachlan ?

— Non, dit-elle en scrutant avec appréhension le visage de son père, s'attendant à y lire de la désapprobation.

Mais à son grand soulagement, il ne laissa rien paraître.

— Non..., répéta-t-elle, cette fois en baissant les yeux.

Sa mère, qui arrivait, eut la délicatesse de changer de sujet.

— Howard a téléphoné pendant que tu étais sortie, annonça-t-elle. Il a parlé de t'emmener dîner au restaurant. Je lui ai dit que tu le rappellerais, mais si ça t'ennuie, je peux toujours...

— Merci, maman, l'interrompit Ashley d'un ton faussement léger. Je vais l'appeler.

Elle prit son père par le bras.

— Mais avant, allons voir ce poisson !

— Bonne idée ! dit son père en se dirigeant avec elle vers la cuisine.

Une heure plus tard, Lachlan dormait à poings fermés. Tandis qu'Ashley descendait l'escalier qui menait au rez-de-chaussée, elle fut apostrophée par sa sœur Mia, qui revenait de son cours d'art dramatique.

— Dis, c'est vrai ? lui demanda Mia en l'entraînant dans le bureau, loin du reste de la famille. Jake est de retour à Sydney ?

— Oui.

Mia laissa échapper un juron.

— Tu lui as parlé de Lachlan ?

— Non, répondit Ashley en secouant la tête.

Sa sœur ouvrit de grands yeux.

— Mais tu attends quoi, au juste ? Maintenant qu'il est revenu, tu dois lui dire la vérité !

— Ecoute, Mia, j'ai déjà eu droit à un sermon de maman tout à l'heure. Alors s'il te plaît, laisse tomber !

— Eh, ne prends pas la mouche ! C'est simplement que… Tu n'as pas remarqué que Lachlan parlait souvent de son père ces temps-ci ?

— Comment ça ? demanda Ashley en fronçant les sourcils.

Mia la regarda d'un air grave.

— L'autre soir, quand tu étais sortie avec Howard, je lui ai lu une histoire. Tu sais, celle de l'éléphant avec la trompe cassée, qui cherche quelqu'un pour la réparer. Eh bien, Lachlan n'a pas arrêté de dire que si son vrai papa était là, il saurait ce qu'il faut faire… C'est très mignon, mais un peu triste, tu ne trouves pas ?

Ashley sentit son cœur se serrer.

— Où veux-tu en venir ? Tu crois que je ne suis pas

assez inquiète comme ça ? demanda-t-elle d'une voix tendue. Je ne me sens pas prête à annoncer à Jake qu'il a un fils ! Je dois d'abord réfléchir…

— Réfléchir à quoi, Ashley ? Jake est revenu à Sydney. Un jour ou l'autre, il va te croiser avec Lachlan, et un simple coup d'œil à ton fils lui suffira pour comprendre…

Ashley poussa un profond soupir. Mia avait raison : à seulement trois ans et demi, Lachlan était déjà tout le portrait de Jake. Il avait les mêmes yeux noirs, les mêmes cheveux indomptables et le même tempérament orageux.

Soudain, la sonnerie de la porte d'entrée retentit, et Ashley quitta avec soulagement le bureau pour aller répondre.

— Ashley ! la salua chaleureusement Howard, avant de déposer un rapide baiser sur sa joue en entrant. Comment va ma fiancée, aujourd'hui ?

Il aperçut soudain Mia au fond du couloir.

— Bonjour, Mia. Alors, tu vas la faire cette publicité pour du dentifrice ? Comment s'est passée ton audition ?

— Très bien ! Les autres candidats en ont été pour leurs frais ! répondit Mia avec un sourire parfaitement artificiel, avant de tourner les talons, sans même avoir salué Howard.

Ashley ne laissa rien paraître de sa contrariété. Ses sœurs n'aimaient pas beaucoup Howard, et tout ce qu'elle avait pu dire pour les faire changer d'avis n'avait servi à rien. C'était pourtant un homme fiable et honnête, et Lachlan l'aimait beaucoup, ce qui comptait pour elle plus que tout au monde…

— Il faut que je te parle, dit-elle à Howard après avoir fermé la porte d'entrée.

— Et si tu attendais qu'on soit au restaurant ? suggéra-t-il, avant de sortir quelque chose de sa poche. Lachlan est encore debout ? Je lui ai apporté un petit cadeau.

— Merci, Howard, dit Ashley, pleine de gratitude, en prenant le modèle réduit de voiture qu'il lui tendait.

Lachlan s'est déjà endormi, mais je vais la poser sur sa table de chevet. Tu es vraiment adorable avec lui.

— C'est un si gentil garçon ! J'ai hâte de t'épouser pour qu'il puisse enfin avoir un vrai père.

Elle lui adressa un faible sourire.

— Je vais prévenir mes parents qu'on s'en va.

— Très bien. Je t'attends dehors.

Après avoir salué son père et sa mère, Ashley alla rejoindre Howard dans la voiture. Dès qu'ils eurent démarré, elle chercha un moyen d'aborder avec lui la question de Jake Marriott…

Elle était toujours restée très évasive avec Howard au sujet de sa relation avec le père de Lachlan, jugeant préférable de ne pas trop le mêler à cette partie de sa vie. De son côté, Howard avait eu la délicatesse de ne pas la presser de questions. Il avait paru sentir la douleur qu'elle éprouvait à évoquer le passé, et s'était évertué à la réconforter en affichant un optimisme et une bonne humeur à toute épreuve.

Ashley songea que Jake et Howard étaient aussi différents que le jour et la nuit. Jake avait un visage plein de caractère, aux traits harmonieux, et son air sombre et mystérieux, allié à sa haute stature, inspirait naturellement le respect. De taille moyenne, plutôt trapu, Howard avait les cheveux roux et une peau laiteuse, parsemée de taches de rousseur. Ce n'était pas un homme compliqué, et ses sœurs le jugeaient même parfaitement ennuyeux. Pour sa part, elle le trouvait solide et prévisible. Et elle aimait ce qui était prévisible…

Elle aurait voulu être amoureuse de Howard, *vraiment* amoureuse. Il méritait tellement plus que ce qu'elle avait à lui offrir ! D'un autre côté, elle avait appris avec Jake qu'il était dangereux d'aimer trop fort…

— Tu es bien silencieuse ce soir, remarqua Howard en jetant un coup d'œil dans sa direction, après s'être arrêté à un feu rouge.

— Désolée…, dit Ashley en esquissant un sourire. Je suis un peu préoccupée.

Howard lui tapota amicalement la main. Ses doigts pleins de taches de rousseur étaient froids, et elle repensa soudain à l'étreinte brûlante de la main de Jake autour de son poignet. Elle jeta un coup d'œil à son bras, certaine d'en avoir gardé la trace, mais sa peau crémeuse était intacte. Son cœur, lui, avait eu moins de chance…

Le restaurant choisi par Howard était plein à craquer, et bien qu'il eût réservé une table, on les informa qu'il leur faudrait patienter une demi-heure avant de pouvoir dîner. Tandis qu'ils prenaient place sur les chaises hautes du bar, Ashley ne put s'empêcher de songer que si Jake avait été à la place de Howard, il n'aurait pas toléré qu'on les fasse attendre. Il aurait exigé qu'on leur trouve immédiatement une table, et le personnel se serait empressé de satisfaire à sa demande.

— De quoi voulais-tu me parler ? lui demanda Howard après avoir commandé un verre d'eau minérale.

Ashley prit une profonde inspiration.

— J'ai rencontré le père de Lachlan ce matin.

Howard lui lança un regard inquiet.

— Il veut voir son fils ?

— Jake ne sait pas encore qu'il a un enfant. Nous avons discuté d'autre chose…

— Quoi ? Tu ne lui as rien dit ?

Ashley baissa les yeux.

— Je sais que c'est mal, mais j'ai tellement souffert à cause de Jake ! Il m'a manipulée, au point que j'ai failli oublier qui j'étais et ce que je voulais vraiment…

— Mais ça, c'était avant ! Aujourd'hui, la situation est différente ! Au fait, tu lui as dit que nous allions bientôt nous marier ?

— Oui.

— Si tu acceptais de porter la bague de ma mère, les choses seraient plus claires, lui fit-il remarquer en fronçant les sourcils. Je sais qu'elle n'est pas à ton goût, mais on pourrait la confier à un bijoutier pour qu'il fasse quelques modifications.

Ashley aurait souhaité aimer ce bijou, et elle aurait voulu aimer la mère de Howard aussi. Mais la vie n'était pas si simple, et elle était bien placée pour savoir qu'il valait mieux ne pas trop en attendre.

— Je vais y réfléchir. Cela dit, je trouve que tu y attaches trop d'importance. Après tout, c'est juste un symbole, rien d'autre.

Ashley ne jugea pas utile de lui préciser qu'elle ne faisait que répéter mot pour mot ce que lui avait dit Jake autrefois.

— Et si on oubliait ton ex-petit ami pour ce soir ? Allons dîner ! lança-t-il en apercevant un serveur qui leur faisait signe de les suivre.

Mais des heures plus tard, alors qu'elle était allongée dans son lit, Ashley tentait en vain de trouver le sommeil. Elle était hantée par ses retrouvailles avec Jake. Il était dans son esprit et dans son cœur. Pour toujours…

Le lendemain matin, alors qu'elle venait d'arriver dans le dépôt principal des antiquités Caule, à Woollahra, Ashley fut accueillie par un Howard surexcité.

— Ashley, j'ai une nouvelle fantastique à t'annoncer, dit-il en se précipitant vers elle, ses yeux bleu clair pétillants de joie.

— Qu'est-ce qu'il y a ? demanda-t-elle en posant son sac à main et ses lunettes de soleil sur le bureau en noyer, avant de lui tendre la joue pour sa bise matinale. Laisse-moi deviner, tu as gagné à la loterie ?

— Non, mais c'est tout comme ! Je viens de parler à un homme très riche. Il a hérité d'une véritable caverne d'Ali Baba et souhaite nous confier l'intégralité de ses biens pour la vente. Il y en a pour une fortune ! dit-il en se frottant les mains.

Ashley fronça les sourcils.

— Je trouve ça un peu bizarre. Il pourrait en tirer un bien meilleur prix en faisant jouer la concurrence.

Howard haussa les épaules.

— Qu'importe ! Dernièrement, les affaires n'ont pas été très brillantes, et cette offre ne pouvait pas mieux tomber ! s'exclama-t-il avec enthousiasme, tout en lui tendant une feuille de papier. Tu as rendez-vous avec lui tout à l'heure, à cette adresse.

— Moi ! Mais pourquoi moi ? demanda-t-elle en baissant les yeux sur la feuille.

Elle eut le souffle coupé en voyant le nom qui y figurait.

— Je… je ne peux pas faire ça, balbutia-t-elle, les doigts crispés sur le papier.

— Fais attention ! Tu vas le chiffonner ! s'exclama Howard en lui reprenant la feuille, qu'il lissa comme un précieux parchemin. Il veut que ce soit toi qui t'en occupes. Apparemment, il connaît bien ta famille. Pour vérifier, je lui ai demandé les prénoms de tes parents, et il n'a eu aucune diffi…

— Ça n'a rien d'étonnant ! Jake est le père de Lachlan, le coupa-t-elle d'une voix blanche.

Howard la regarda fixement, les yeux exorbités par la surprise.

— Quoi ? Jake Marriott ? Le milliardaire ? L'architecte mondialement connu ?

Ashley hocha la tête.

— Oh, non…, dit-il en s'effondrant sur le siège le plus proche, le visage blême.

Elle sentit son estomac se contracter.

— Laisse-moi réfléchir, enchaîna Howard au bout d'un moment, en se relevant d'un bond. Tout d'abord, il serait idiot de lui parler de Lachlan. Tu ne dois rien dire à Jake, du moins pas pour le moment… Sinon, il risque de retirer son offre, et tu sais à quel point cette vente est importante pour moi.

Ashley laissa échapper un gémissement angoissé.

— Mais je ne vais pas pouvoir lui cacher éternellement la vérité ! Mia m'a dit que Lachlan commençait à poser beaucoup de questions sur son père. Il doit avoir entendu les autres enfants, à la crèche, parler du leur !

— Alors marions-nous aussi vite que possible, suggéra-t-il en lui prenant les mains. Comme ça, Lachlan pourra commencer à m'appeler « papa ».

Ashley retira ses mains des siennes.

— Il est trop tôt. Je ne suis pas encore prête, dit-elle en baissant les yeux.

— Penses-tu seulement l'être un jour ? répliqua-t-il avec amertume.

Surprise par le ton de sa voix, elle leva la tête vers lui.

— C'est une décision si importante ! Nous n'avons même pas encore… tu sais…, dit-elle en agitant nerveusement les mains.

— Comme je te l'ai déjà dit, je suis contre les relations sexuelles avant le mariage. Ça peut paraître vieux jeu, mais je veux attendre la bénédiction nuptiale. Ce serait manquer de respect à Dieu, et à toi aussi, que de céder à la tentation maintenant.

Ashley ne put s'empêcher de se demander ce que penserait Jake des principes de Howard. Il ne croyait pas au caractère sacré du mariage et il aurait certainement trouvé ridicule d'attendre pour faire l'amour. Trois jours après leur rencontre, elle était déjà dans son lit. Sans un sursaut de fierté, elle aurait d'ailleurs succombé dès le premier soir…

Ashley avait la terrible impression que la situation échappait totalement à son contrôle. Elle aurait tant aimé faire disparaître le passé d'un claquement de doigts ! Mais comment pouvait-elle oublier Jake, alors qu'elle avait eu un fils de lui, un fils qui lui ressemblait comme deux gouttes d'eau ? Et puis, même si Howard offrait de le remplacer, c'était avant tout de son *vrai* père que Lachlan avait besoin.

Ashley était bien placée pour le savoir. Même si celle-ci s'en défendait, sa sœur Ellie avait toujours espéré découvrir les raisons qui avaient poussé ses parents à l'abandonner, quand elle n'était encore qu'un bébé. Malgré tout l'amour que lui portait sa famille d'adoption, elle était comme une âme en peine, en quête permanente d'un lien qu'elle redoutait et désirait à la fois.

D'un geste résigné, Ashley reprit le morceau de papier de la main de Howard.

— D'accord, je vais m'en charger, et je ne parlerai pas à Jake de Lachlan. Mais je ne peux pas m'empêcher de penser que ça risque de se retourner contre moi.

— Pense à tout l'argent que nous allons gagner ! Sans compter que je vais devenir l'antiquaire le plus couru de Sydney ! Il faut que j'appelle ma mère. Elle va être folle de joie ! dit Howard en soulevant le combiné du téléphone.

Ashley prit ses affaires sur le bureau, en proie à une angoisse incontrôlable. Seigneur ! Comment allait-elle s'en sortir ? Jake avait réussi à la prendre au piège, et maintenant qu'elle était à sa merci, elle n'avait aucune idée de ce qui allait advenir d'elle…

En dépit des embouteillages sur l'autoroute, le trajet jusqu'à la verdoyante banlieue nord de Lindfield sembla beaucoup trop court à Ashley. Son regard était sans cesse attiré par l'horloge du tableau de bord, et, à mesure que les minutes défilaient, elle se sentait envahie par une tension de plus en plus insoutenable.

L'endroit était typique de cette partie de la côte Nord, avec ses immenses propriétés plantées de grands arbres et protégées des regards par de hauts murs d'enceinte.

Ashley ralentit devant le numéro indiqué sur la feuille. Après avoir franchi le portail, elle se gara dans l'allée. Celle-ci menait à une imposante bâtisse en briques, située au fond d'un vaste parc arboré. La pelouse était verte, mais plutôt mal entretenue : il y poussait çà et là des pissenlits qui se balançaient doucement au gré du vent.

Ashley se dirigea vers la maison, respirant au passage le parfum capiteux des roses baignées par le soleil. Puis elle appuya sur la sonnette en cuivre de la porte d'entrée et attendit que Jake vienne lui ouvrir.

Comme personne n'arrivait, elle voulut jeter un coup d'œil à l'intérieur de la maison, mais les rideaux opaques aux fenêtres l'empêchèrent de rien voir.

Elle se sentit partagée entre soulagement et agacement. D'après les informations que lui avait données Howard, le rendez-vous devait avoir lieu à 11 heures. Or, il était déjà 11 h 15, et Jake n'était toujours pas là. Cela dit, il n'avait jamais été du genre ponctuel…

Poussée par la curiosité, elle se dirigea vers l'arrière de la maison, se demandant si c'était bien dans cette demeure qu'avait grandi Jake. Il s'était toujours montré si avare de détails sur son enfance qu'elle ne pouvait en être sûre, mais elle se rappelait qu'il lui avait parlé d'un orme, aux branches duquel il grimpait parfois ; et elle en apercevait justement un tout au fond de la propriété.

Ashley s'approcha de l'arbre et marcha sous ses hautes branches, qui projetaient leur ombre sur les buissons touffus, à l'arrière du jardin. Puis elle leva les yeux, essayant de s'imaginer Jake enfant en train de grimper à son faîte. Elle était prête à parier qu'il ne s'était pas contenté de gravir les branches basses. Lachlan avait d'ailleurs hérité de son intrépidité…

— J'avais une cabane là-haut, dit soudain la voix profonde de Jake, juste derrière elle.

Ashley pivota sur ses talons, si vite que la tête lui tourna.

— T… tu m'as fait une de ces peurs ! s'exclama-t-elle en posant la main sur son cœur, qui battait la chamade.

Jake lui sourit tranquillement.

— Ah, bon ? dit-il, amusé.

— Tu es en retard, fit-elle froidement, tout en s'éloignant de l'abri formé par les branches pour revenir en pleine lumière.

Elle s'arrêta près d'un buisson de roses rouge sang.

— Je sais, se contenta-t-il de répondre. J'avais une ou deux choses à régler…

Ashley croisa les bras, furieuse.

— Tu n'aurais pas pu me prévenir ? Tu penses que je n'ai rien de mieux à faire que d'attendre que tu daignes te montrer ? lui demanda-t-elle d'un ton cinglant.

Jake vint la rejoindre près des rosiers. Après avoir cueilli une rose parfaitement épanouie, il en respira profondément le parfum. Ashley le contempla, fascinée par la fragilité de la fleur dans sa main si masculine. Elle pouvait presque sentir la caresse de ses doigts sur les pétales, et se remémora soudain le plaisir qu'elle éprouvait quand ils effleuraient sa peau, lentement, délicatement, avant que la passion ne les emporte…

Jake plongea ses yeux noirs dans les siens et elle tressaillit violemment. Sans trop savoir pourquoi, elle prit la rose qu'il lui tendait, s'enivrant de ses effluves capiteux et de la douceur de ses pétales.

— Je suis contente que tu sois venue, dit-il au bout d'un moment. J'ai toujours eu envie que tu voies l'endroit où j'ai passé mon enfance.

Ashley le dévisagea, intriguée.

— Pourquoi ?

Il détourna la tête et embrassa du regard le jardin et la maison. Ashley continua à le fixer, déconcertée par son besoin soudain de lever le voile sur son passé. Il avait toujours refusé de lui parler de son enfance, se barricadant des jours entiers dans le silence quand elle l'avait un peu trop pressé de questions. Alors, pourquoi désirait-il se confier, à présent ? Cela n'avait aucun sens !

— J'ai détesté vivre ici, ajouta soudain Jake.

Puis il se dirigea brusquement vers la maison, et Ashley le suivit en silence, se demandant ce qui l'avait poussé à revenir dans un endroit qu'il haïssait visiblement.

Il y avait tant de choses qu'elle ignorait à son sujet…

Elle savait qu'il avait toujours un petit creux vers 16 heures, qu'il aimait les sucreries et qu'il adorait qu'elle lui masse le dos, même s'il était très chatouilleux, mais elle n'aurait pas su dire pourquoi son visage se fermait chaque fois qu'elle lui posait des questions sur son enfance…

Une fois la porte arrière déverrouillée, ils pénétrèrent dans une pièce lugubre et délabrée qui sentait le renfermé. Ashley regarda Jake ouvrir un à un les vieux rideaux épais, puis les fenêtres, dont les vitres étaient d'une saleté repoussante. Elle songea un instant à lui offrir son aide, avant de se raviser. Après tout, elle était là pour des raisons strictement professionnelles, même si l'attitude de Jake avait tendance à le lui faire oublier.

— Je suis désolé pour le désordre, dit-il en passant à côté d'elle pour se frayer un chemin jusqu'au dernier rideau. Je devais avoir seize ans la dernière fois que j'ai mis les pieds ici.

Ashley parcourut des yeux la pièce, maintenant inondée de soleil. Il n'y avait là aucun objet de valeur, seulement quelques chaises branlantes, une petite table en mauvais état et une bibliothèque bon marché.

— Je sais ce que tu penses, dit Jake.

Elle le regarda d'un air sceptique.

— Tu t'imagines que je te fais perdre ton temps, pas vrai ?

Ashley prit une petite inspiration, avant de jeter de nouveau un coup d'œil autour d'elle.

— Si je vendais ce qui se trouve ici, j'aurais à peine de quoi me payer un sandwich et un café. A quoi joues-tu, Jake ? demanda-t-elle en le défiant du regard. Pourquoi m'as-tu fait venir ici ?

— Suis-moi ! dit-il en ouvrant une autre porte.

Ils s'engagèrent dans un long couloir, sombre et menaçant, et tandis qu'elle avançait, Ashley avait l'impression que des ombres tapies allaient jaillir des murs et venir frôler ses bras nus.

Arrivé à mi-chemin, Jake s'arrêta devant une autre porte, qui grinça quand il l'ouvrit, comme pour protester contre cette intrusion soudaine. La pièce était plongée dans la pénombre.

Jake appuya sur l'interrupteur.

Quand Ashley entra à son tour, elle ravala un cri d'admiration en voyant les merveilles qui s'offraient à son regard. Les yeux écarquillés, elle contempla les tables, fauteuils, écritoires et bibliothèques en matériaux précieux, tandis qu'une exquise odeur de bois ciré lui chatouillait les narines. Elle resta muette d'admiration devant une superbe vitrine en ronce de noyer qui abritait une magnifique collection de figurines en porcelaine, dont elle vit au premier coup d'œil qu'il s'agissait de pièces uniques. Ashley songea qu'il lui faudrait au moins une semaine pour estimer la valeur des biens contenus dans cette pièce.

— Alors, tu ne dis rien ? l'interrogea Jake, tandis qu'elle caressait, fascinée, les rebords finement sculptés d'un splendide secrétaire en érable, recouvert d'une épaisse couche de poussière.

Elle se tourna vers lui.

— Je ne pense pas avoir les compétences nécessaires pour procéder à l'estimation de ces objets, dit-elle en se mordillant la lèvre. Howard serait bien plus à même de te d…

— C'est toi que je veux, l'interrompit-il d'un ton

enflammé qui fit penser à Ashley qu'il ne parlait pas que des meubles.

— Je ne peux pas t'aider, rétorqua-t-elle en tournant les talons, soudain mue par le besoin impérieux de s'éloigner de Jake et de la maison.

— Attends ! s'exclama-t-il en l'agrippant par le bras. Ne pars pas !

Déchirée entre sa raison, qui lui criait de sortir le plus vite possible d'ici, et son cœur, qui lui commandait de rester, Ashley se sentait à présent totalement perdue.

— Jake…, dit-elle d'une voix blanche.

Il posa la main sur sa joue, et caressa la pulpe de ses lèvres dans un geste si tendre qu'elle sentit des larmes lui picoter les yeux.

Soudain, il approcha son visage du sien, et, comme affamée après plus de quatre ans de privations, elle n'eut pas la force de lui résister. Sous la pression de sa langue et de sa bouche brûlante, ses lèvres s'entrouvrirent malgré elle. Tandis que Jake l'embrassait passionnément, une chaleur intense se propageait dans ses veines ; ses jambes se mirent à trembler. Puis il la serra contre lui, et tout son corps fut parcouru par une puissante onde de désir, qui se transforma en brasier quand elle sentit son sexe dressé contre son ventre.

Emportée dans un tourbillon d'émotions qu'elle ne parvenait plus à dominer, Ashley avait l'impression d'être devenue entre les mains de Jake une simple marionnette et de lui appartenir corps et âme, comme autrefois… Mais alors qu'elle se croyait perdue, elle trouva soudain en elle la force de s'arracher à son étreinte et elle le repoussa avec une énergie dont elle ne se serait jamais crue capable.

— Tu n'as pas le droit de me toucher ! lança-t-elle d'un ton cinglant. Je te rappelle que je suis fiancée !

Il la regarda d'un air narquois.

— Je me demande bien ce qu'aurait pensé ton cher Howard de la manière dont tu as réagi à mon baiser.

Ashley sentit aussitôt ses joues s'empourprer. Elle détourna brusquement la tête, furieuse. Ses yeux se posèrent alors sur un portrait accroché au mur décrépit.

— Oh, mon Dieu !

Ebahie, elle s'approcha de la toile, cherchant du regard une signature. Puis elle se tourna vers Jake, tremblante d'excitation.

— Tu te rends compte que cette peinture vaut une fortune ? demanda-t-elle, le souffle coupé.

Après avoir jeté un vague coup d'œil au tableau, Jake se tourna vers elle.

— Je te le donne, dit-il. Ainsi que tout le reste. Il y a encore beaucoup de choses dans les autres pièces.

Elle le regarda fixement, muette d'étonnement.

— Quoi ? finit-elle par articuler.

— Tu as bien entendu, répondit-il. Je te laisse le tout, pour rien.

— Ne me prends pas pour une idiote ! le mit-elle en garde. Si tu penses pouvoir m'acheter, tu te fais des illusions !

— Je ne cherche pas à t'acheter, Ashley, répondit-il avec le plus grand calme. Je te laisse le choix.

Elle le regarda d'un air suspicieux.

— Tu pourrais être plus précis ?

— Comme je te l'ai dit, je souhaite te revoir. De manière régulière, précisa-t-il en la regardant droit dans les yeux. Libre à toi d'accepter ou de refuser…

Ashley eut l'impression que son cœur allait exploser dans sa poitrine.

— Je t'ai déjà répondu que je ne pouvais pas, dit-elle, avant de s'arrêter pour reprendre sa respiration. Howard et moi…

Elle voulut continuer, mais les mots restèrent bloqués dans sa gorge.

Jake lui adressa un sourire ironique.

— Je suis prêt à parier que Howard Caule ne verra

aucun inconvénient au fait que tu passes les quatre prochaines semaines ici, avec moi, reprit-il. Je suis même certain qu'il te donnera sa bénédiction.

Ashley mit un long moment avant de retrouver sa voix.

— Qu… quatre semaines ? bredouilla-t-elle. Qu'est-ce que tu racontes ?

— Il nous faudra bien ce temps-là pour faire l'inventaire des biens de mon père.

— C'est hors de question ! Je ne veux pas ! s'écria-t-elle.

— Très bien, dit-il en sortant son téléphone portable de sa poche. Alors je vais m'adresser à quelqu'un d'autre. J'ai un ami antiquaire qui sera ravi de me débarrasser gratuitement de tout ça.

— Attends ! s'écria-t-elle en attrapant son bras pour l'empêcher de composer le numéro. Laisse-moi réfléchir.

Jake rangea son téléphone.

— Avant que tu ne prennes ta décision, je tiens à te préciser que je ne te demanderai pas de coucher avec moi.

Ashley cligna des yeux, abasourdie. Elle savait qu'elle aurait dû se sentir soulagée, mais elle avait pourtant la sensation d'avoir reçu un coup de poignard en plein cœur. Jake ne voulait plus d'elle !

— Il y a quatre ans, nous nous sommes quittés en très mauvais termes, poursuivit-il du même ton détaché. Nous avons besoin de mettre les choses à plat pour pouvoir tourner la page.

— Mais… mais c'est inutile. J'ai déjà tourné la page ! s'exclama-t-elle.

— Pas moi, rétorqua-t-il calmement.

Ashley ouvrit la bouche pour lui répondre, mais une fois encore, aucun son ne sortit de sa gorge.

— Je te laisse une demi-heure de réflexion, conclut-il avant de quitter la pièce.

Elle resta immobile à fixer la porte, tandis que le sang battait furieusement à ses tempes.

Un mois ! Il lui faudrait passer un mois dans la maison

d'enfance de Jake ! D'un autre côté, comment pouvait-elle renoncer à une telle offre, surtout après tout ce que Howard avait fait pour Lachlan et pour elle ?

Au bout d'un long moment, elle se retourna et contempla de nouveau les antiquités et les objets d'art accumulés devant elle. Elle avait l'étrange impression que chacun d'eux recelait un pan du passé de Jake, comme si la clé du mystère se trouvait au sein des murs de cette vieille demeure mal entretenue, si pleine de richesses et pourtant tellement sinistre.

Pourquoi Jake attachait-il si peu d'importance à ses biens ? Quelle raison le poussait à vouloir se débarrasser de ces splendeurs, sans rien garder pour lui ? Certes, il possédait déjà une fortune colossale, mais cela n'expliquait pas tout…

Ashley poussa un profond soupir et ferma un instant les yeux. Quand elle les rouvrit, ils se posèrent une nouvelle fois sur le portrait accroché au mur. Elle eut la sensation désagréable que le jeune homme au regard triste l'observait.

Mal à l'aise, elle détourna la tête et fouilla dans son sac à main pour en sortir son appareil photo numérique. Plus tôt elle commencerait son travail, plus vite elle pourrait quitter cette inquiétante demeure. Elle ferait tout pour y passer le moins de temps possible.

3.

Après avoir fait quelques photographies des meubles et des objets entassés dans la pièce, Ashley éprouva soudain le besoin de quitter cet endroit étouffant. Elle emprunta de nouveau le long couloir sombre, l'esprit assailli par un flot de pensées incontrôlables.

Avec ses murs fissurés, sa peinture écaillée et ses vieux parquets abîmés et poussiéreux qui menaçaient de céder à chaque pas, la maison d'enfance de Jake était dans un état de délabrement avancé. Comment un enfant aurait-il pu s'épanouir dans un lieu aussi inhospitalier ?

Même si elle ne s'était jamais considérée comme quelqu'un de particulièrement intuitif, Ashley avait l'impression que certains aspects de la personnalité de Jake s'éclairaient maintenant d'un jour nouveau. Lorsqu'il s'était précipité pour ouvrir les lourds rideaux opaques, elle s'était subitement rappelé qu'il avait toujours eu horreur de l'obscurité. A l'époque où ils habitaient ensemble, elle ne pouvait pas baisser les stores de leur studio sans qu'il les remonte aussitôt, même quand le soleil dardait ses rayons éblouissants sur la télévision ou l'écran d'ordinateur…

Ashley poussa une porte dans le couloir, soulevant un nuage de poussière qui vint voltiger autour de son visage. La pièce dans laquelle elle pénétra était presque entièrement plongée dans l'obscurité, même si les rideaux usés jusqu'à la corde laissaient passer par endroits quelques rais de lumière, créant une atmosphère inquiétante.

Elle appuya sur l'interrupteur et vit qu'elle se trouvait dans un vaste bureau, doté d'une grande bibliothèque dont les étagères couvraient tout un pan de mur. Elle s'approcha pour regarder les livres qu'elle contenait. Aussitôt, elle fut époustouflée par l'exceptionnelle rareté de certains ouvrages anciens. Visiblement, le père de Jake s'était montré un collectionneur avisé. Ashley passa un moment à feuilleter une édition originale des poèmes de Keats. Après avoir remis le livre en place, elle se dirigea vers un bureau en cèdre massif. Toutes sortes de documents étaient éparpillés dessus, comme si la personne qui y travaillait avait été interrompue en pleine tâche et n'avait ensuite pas eu le temps de remettre les choses en ordre. Ashley prit un papier au hasard. Il s'agissait du bilan financier d'une société cotée en Bourse, et elle resta abasourdie devant la valeur de son portefeuille.

Soudain, elle tourna la tête en entendant un bruit derrière elle. Jake se tenait dans l'encadrement de la porte, ses yeux sombres braqués sur elle. La demi-heure était écoulée…

Ashley reposa le document sur le bureau, la bouche sèche.

— Jake… c'est… si incroyable…, articula-t-elle d'une voix faible, tout en embrassant du regard le contenu de la pièce.

— Qu'est-ce qui est incroyable ? Mon père était très riche, voilà tout.

Ashley fronça les sourcils en se remémorant leur conversation de la veille.

— J'avais cru comprendre qu'il ne t'avait rien laissé !

Il soutint son regard pendant un bref moment, avant de détourner les yeux et de s'asseoir confortablement dans le fauteuil richement orné du bureau.

— Rien auquel je tienne.

— Mais tu… tu te rends compte qu'il y a en pour une fortune ? balbutia-t-elle. La vente de la propriété à elle seule te rapporterait une somme colossale. Sans compter les meubles et les objets.

— Pour ton information, je ne souhaite pas me débarrasser de la maison, seulement de ce qui se trouve à l'intérieur. Ma société vient de créer une filiale à Sydney, et j'ai désormais l'intention de partager mon temps entre l'Angleterre et l'Australie.

— Tu m'as pourtant dit que tu détestais cette maison ! s'exclama-t-elle.

— C'est vrai, mais je compte bien la transformer complètement et en faire ce que j'aurais voulu qu'elle soit, rétorqua-t-il d'un air énigmatique.

Ashley le dévisagea, perplexe. Pourquoi Jake voulait-il s'installer dans une maison qui devait compter au moins dix chambres, plusieurs salons, et même une salle de bal ?

— Tout de même, je trouve ça surprenant pour un homme qui…

Elle laissa sa phrase en suspens.

— Pour un homme qui… ? demanda-t-il en s'approchant d'elle, avant d'enrouler une mèche de ses cheveux autour de son index.

Elle tressaillit violemment.

— C'est une très grande maison et tu… tu as toujours préféré vivre seul, dit-elle.

— Tu ne penses pas qu'avec le temps, j'ai pu changer ? demanda-t-il en esquissant un sourire.

Ashley sentit son cœur s'affoler. Peut-être avait-il rencontré la femme de sa vie, une femme si parfaite qu'il était prêt à passer le restant de ses jours avec elle… Elle eut soudain la vision de Jake au pied de l'autel d'une église, contemplant, les yeux pleins de désir, sa future épouse dont le visage était recouvert d'un voile et qui s'avançait lentement vers lui, magnifique dans sa robe de mariée…

Soudain, il lâcha ses cheveux et elle en profita pour reculer, mais ses épaules heurtèrent les rayonnages de la bibliothèque. Craignant que la rangée de livres ne s'effondre sur elle, Ashley s'écarta aussitôt et se retrouva du même coup tout près de Jake.

— Qu'est-ce qui… t'a fait changer d'avis ? demanda-t-elle, le souffle court.

Il fit quelques pas en arrière et prit sur le bureau un stylo doré à l'or fin, qu'il s'amusa à faire tourner entre ses doigts, le regard dans le vague.

— Depuis la mort de mon père, j'ai pas mal réfléchi… J'aimerais changer certaines choses dans ma vie, dit-il au bout d'un long moment, un sourire triste aux lèvres. Jusqu'à présent, je n'en avais parlé à personne. Il faut croire que j'ai confiance en toi…

Ashley fut aussitôt assaillie par un pénible sentiment de culpabilité. En quoi méritait-elle sa confiance, elle qui lui cachait depuis des années qu'il avait un fils ?

Jake détourna de nouveau les yeux.

— Il y a quatre ans, je n'étais pas encore prêt, poursuivit-il en se passant la main dans les cheveux. Mais maintenant que mon père est mort, la situation est différente.

Il eut un rire sans joie.

— Cette fois-ci, c'est vraiment fini, ajouta-t-il en se tournant vers elle.

— Donc tu as changé d'avis sur… sur le mariage ? demanda-t-elle en se passant la langue sur les lèvres.

— Disons que j'y ai beaucoup pensé, se contenta-t-il de répondre.

— Et pour ce qui est du reste ? Les enfants, les animaux, tout ça…, précisa-t-elle avec un petit sourire, comme Jake la regardait d'un air interrogateur.

Il poussa un léger soupir et se tourna vers la fenêtre qui donnait sur le jardin de derrière.

— Là-dessus, je n'ai pas changé, dit-il d'un ton neutre. Je ne veux pas d'enfants. Jamais.

Ashley eut l'impression de recevoir un coup de poing en plein ventre. Elle avait tellement espéré une autre réponse de sa part ! Comment, dans ces conditions, pourrait-elle jamais révéler à Jake l'existence de Lachlan ?

— Alors, qu'as-tu décidé ? dit-il en se tournant de nouveau vers elle. Tu acceptes mon offre ?

— Je… j'ai besoin de plus de temps.

— Désolé, mais je n'attendrai pas davantage. Le contrat est le suivant : tu passes quatre semaines avec moi dans cette maison, de 9 heures à 17 heures, et tu as droit à tout ça, dit-il en désignant d'un geste le contenu de la pièce.

Sous l'effet de la panique, Ashley sentit son cœur battre à tout rompre.

— Je… je… ne travaille pas à temps complet habituellement.

— Vraiment ? Pour quelle raison ?

— Howard préfère, répondit-elle, soulagée de ne pas avoir à mentir pour lui faire cette réponse.

— Et tu n'y vois aucune objection ?

— Non. Ça me laisse du temps pour faire ce que j'aime.

— C'est-à-dire ?

Cette fois, elle était piégée. Il lui était impossible d'avouer la vérité…

— Je vais tous les jours à mon club de gym, affirma-t-elle en fixant une statuette posée sur le bureau, afin d'éviter de croiser le regard de Jake.

— Ton club de gym ? répéta-t-il, incrédule.

Ashley lui jeta un regard de défi.

— Tu trouves peut-être que je n'ai pas l'air en bonne santé, en plus d'être grosse ?

— Je n'ai jamais dit que tu étais grosse.

— Tu as la mémoire courte ! lança-t-elle d'un ton mordant. Pas plus tard qu'hier, tu m'as fait remarquer que j'avais pris du poids.

— Oui, et je t'ai également dit que je te trouvais magnifique, dit-il en la déshabillant du regard. Quand nous nous sommes quittés, tu n'étais encore qu'une gamine. A présent, tu es une femme superbe, incroyablement sexy…

« Et qui a donné naissance à ton fils », eut-elle envie d'ajouter.

— Merci, se força-t-elle à répondre.

Jake soupira intérieurement. Il avait presque oublié à quel point Ashley était sensible, incapable de dissimuler ses émotions… Mais ce qu'il n'avait pas oublié, en revanche, c'était que son idée du sport se résumait autrefois à des promenades tranquilles dans les jardins publics, ponctuées de pauses incessantes pour respirer le parfum des fleurs. Pour lui, en revanche, l'exercice physique avait toujours été une nécessité vitale. Il en avait besoin pour évacuer sa souffrance…

— S'il le faut, je suis prêt à assouplir tes horaires de travail.

Elle leva la tête et Jake lut dans ses beaux yeux bleus qu'elle était soulagée.

— Tu… tu serais d'accord pour que je travaille de 10 heures à 16 heures ? lui demanda-t-elle, visiblement mal à l'aise.

Il fit mine de réfléchir.

— D'accord, dit-il au bout d'un moment. Tu veux que je passe te chercher le matin ?

— Non ! s'exclama-t-elle avec véhémence.

Il la regarda d'un air surpris.

— Je… je veux dire… je ne préfère pas, ajouta-t-elle en baissant les yeux. Je ne pense pas que Howard apprécierait…

— Et bien sûr, la bonne petite Ashley ne fera rien qui puisse déplaire à son cher Howard, observa-t-il d'un ton sarcastique. Pour l'amour de Dieu ! Tu ne te rends pas compte que cet homme n'est pas fait pour toi ?

Ashley lui lança un regard furieux.

— Comment peux-tu dire ça ? s'emporta-t-elle. C'est toi qui n'étais pas fait pour moi !

— C'est faux. C'est juste que…

— C'est la stricte vérité ! s'exclama-t-elle, hors d'elle.

Tu as fichu ma vie en l'air ! Une fois prise dans tes filets, je suis devenue ton esclave…

— Ce n'est pas vrai, dit-il d'un ton calme.

Ashley ferma un instant les yeux pour retenir ses larmes. Puis elle prit une profonde inspiration, s'efforçant de reprendre le contrôle d'elle-même.

— Va au diable, Jake ! dit-elle en lui jetant un regard incendiaire. Au moins, je peux être moi-même avec Howard. Avec toi, je n'en avais pas le droit.

Jake sentit son estomac se nouer. Même s'il détestait le reconnaître, Ashley avait sûrement raison. Il avait consacré tant d'énergie à combattre les démons qui le hantaient qu'il en avait oublié ses besoins et ses désirs à elle…

A vrai dire, dès le début de leur relation, il s'était senti déstabilisé par sa candeur et son innocence. La première fois qu'ils avaient fait l'amour, il n'avait pas envisagé un seul instant qu'Ashley puisse être encore vierge, et il avait laissé libre cours à sa passion, sans se douter de la douleur qu'elle éprouvait. Mais au lieu de pleurer, elle l'avait ensuite serré tout contre elle, lui promettant que les choses se passeraient mieux à l'avenir. Ce qui s'était vérifié…

Jamais il n'oublierait les moments intimes qu'ils avaient partagés. Ashley s'était donnée à lui sans réserve, et elle avait réussi à toucher son cœur. Il n'avait pas oublié la caresse de ses doigts délicats, qui avaient si bien su apaiser son âme torturée. Elle était la seule femme à avoir compté pour lui, et c'était par amour qu'il avait accepté de vivre avec elle, lui qui avait toujours été terrorisé à l'idée de s'engager…

— Ashley…

Jake ne reconnut pas sa propre voix.

—… que dirais-tu d'oublier le passé pour se concentrer sur le présent ? acheva-t-il.

Ashley balaya d'un geste rageur la proposition de

Jake, espérant qu'il ne verrait pas à quel point elle était désemparée. Comment prétendre que le passé n'avait pas existé quand son fils était la preuve vivante du contraire ?

— Mais que veux-tu, à la fin ? Pourquoi faire appel à moi si tu n'es pas intéressé par l'argent que pourrait te rapporter la vente de ces biens ?

— Cette maison est pleine de fantômes, répondit-il. Je veux que tu m'aides à m'en débarrasser.

Ashley se passa la langue sur les lèvres.

— Pourquoi moi ?

— J'ai mes raisons, se contenta-t-il de dire.

Ashley le dévisagea un long moment. Comment pouvait-elle aider Jake à affronter ses démons, alors qu'elle avait gardé secrète une vérité capable de l'anéantir ? D'un autre côté, elle ne se sentait pas capable de tourner le dos au seul homme qu'elle ait jamais aimé. Et puis, aussi longtemps qu'elle parviendrait à garder ses distances, tout irait bien… Du moins fallait-il l'espérer…

— Si j'accepte, j'exige que tu respectes mes règles, dit-elle avec moins de fermeté qu'elle ne l'aurait voulu.

— Tes règles ?

— Oui, mes règles, répéta-t-elle d'un ton agacé. Tu sais, ces lignes de conduite que les honnêtes gens décident de suivre.

— D'accord, je t'écoute, répondit-il, un sourire moqueur aux lèvres.

Ashley redressa les épaules et le regarda d'un air déterminé.

— Tout d'abord, je ne veux pas que tu me touches.

— Ça me va ! dit-il en fourrant les mains dans ses poches de jean.

— Bien entendu, pas de baisers, ajouta-t-elle d'un ton légèrement guindé.

— Bien entendu.

Ashley se raidit en voyant qu'il la dévorait des yeux.

— Et je veux que tu arrêtes de me regarder comme ça !

— Comment ? demanda-t-il d'un air angélique.

— Comme ça, répéta-t-elle, les lèvres pincées. Ne fais pas l'innocent, Jake Marriott. Tu sais exactement ce que je veux dire. Tu me déshabilles du regard…

— Si tu le dis…, fit-il en lui adressant un sourire éblouissant.

— Je veux que tu arrêtes ! Tout de suite !

Il leva les yeux au ciel.

— Ça y est ? Tu as terminé ?

Elle lui lança un regard réprobateur.

— Je pense que c'est à peu près tout.

— Bien. A mon tour maintenant, dit-il après un silence qui mit les nerfs d'Ashley à rude épreuve. Tu veux connaître mes règles ?

Elle déglutit péniblement.

— S'il le faut vraiment…, répondit-elle d'un ton aussi serein qu'elle le pouvait.

Soudain, elle fut saisie de l'envie irrépressible de faire avec Jake tout ce qu'elle venait d'énumérer. Elle voulait caresser son torse puissant, ranimer de ses mains et de sa bouche la flamme dévorante de leur passion, sentir le poids de son corps sur le sien et la force de son désir…

— Je te promets de ne pas te toucher, de ne pas t'embrasser et de ne pas te contempler, à la seule condition que tu respectes toi-même ces règles, déclara-t-il.

« Je peux y arriver, songea-t-elle. Je peux me montrer forte. Il le faut ».

— Ce n'est pas un problème, répondit-elle d'un ton calme.

— Nous nous verrons donc lundi à 10 heures, dit-il en sortant les mains de ses poches, avant d'attraper un trousseau de clés dans le tiroir du bureau et de les agiter sous son nez comme un hochet. Je te laisse un double des clés de la maison, au cas où tu arriverais avant moi.

Ashley tendit lentement sa main, et Jake laissa tomber les clés au creux de sa paume.

— Tu vois ? Je ne t'ai pas touchée, lui fit-il remarquer avec un sourire désarmant.

— Pour l'instant, marmonna-t-elle en mettant les clés dans son sac.

— Ashley ?

Elle prit une profonde inspiration et releva la tête.

— Oui ?

— Tu as oublié ça, dit-il en lui tendant la rose rouge sang qu'il avait cueillie plus tôt, et dont les pétales délicats, privés d'eau pendant trop longtemps, commençaient à se faner.

Ashley prit tellement soin de ne pas toucher la main de Jake en attrapant la tige de la rose qu'elle se piqua avec une épine.

— Aïe ! s'exclama-t-elle en regardant perler une goutte de sang au bout de son doigt.

Tandis qu'elle cherchait un mouchoir dans son sac, Jake s'empara de sa main et la porta lentement à sa bouche, avant de se mettre à lécher la goutte de sang. Elle poussa une petite exclamation étonnée et leva les yeux vers lui. Aussitôt, elle fut happée par son regard et ses jambes se mirent à trembler.

— Tu… tu avais promis de ne pas me toucher, lui rappela-t-elle, le souffle coupé, sans toutefois retirer le doigt de sa bouche tant la caresse de sa langue éveillait en elle des sensations délicieuses et des souvenirs qui l'étaient tout autant.

— Je sais, dit-il en libérant enfin sa main. Mais tu vas me pardonner pour cette fois, n'est-ce pas ?

Ashley voulut lui répondre, mais aucun son ne sortit de sa bouche. Désarmée, elle tourna les talons et battit en retraite, cherchant à quitter au plus vite cette maison et ses fantômes.

4.

Dès qu'il entendit sa mère arriver, Lachlan bondit hors de la salle de jeux de la crèche.

— Maman ! Devine ce que j'ai fait !

Ashley déposa un tendre baiser sur le front de son petit garçon, et le garda longtemps serré contre elle, respirant l'odeur sucrée de sa peau.

— Raconte-moi tout, mon chéri.

Lachlan lui prit la main et l'attira dans la salle de peinture.

— L'est là mon dessin.

Attendrie par son élocution enfantine, Ashley ne put s'empêcher de sourire. D'ici quelques mois, Lachlan aurait quatre ans, et elle aurait alors tout le temps de lui apprendre à parler correctement. Pour l'instant, elle voulait se contenter de chérir chaque moment de sa petite enfance.

— Regarde ! dit-il en lui tendant fièrement une feuille de papier éclaboussée de peinture.

Ashley prit le dessin. Des personnages en forme de bâtons y étaient peints.

— Qui est-ce ? demanda-t-elle en se mettant à hauteur de son fils et en désignant deux personnages côte à côte.

Lachlan plongea ses grands yeux noirs dans les siens.

— Papy et mamie.

— Et ça, c'est qui ? demanda-t-elle en montrant une autre silhouette, qui semblait exécuter une sorte de danse.

— Tante Mia.

« J'aurais dû le deviner », pensa Ashley. Contrairement aux autres membres de la famille Forrester, Mia fréquentait assidûment les clubs de gym, et elle était toujours en mouvement.

— Et ici ? l'interrogea-t-elle en posant le doigt sur un personnage dont le sommet du crâne était peint en jaune.

Ashley connaissait la réponse, mais elle voulait prolonger le plaisir que prenait Lachlan à lui montrer son œuvre.

— C'est tante Ellie, répondit-il. Et là, un toutou qu'elle a sauvé.

Ashley regarda le dernier personnage. Il se tenait loin derrière les autres.

— Qui est-ce ? demanda-t-elle, même si elle n'était pas certaine d'avoir envie de le savoir.

— C'est toi, dit-il d'un ton triste.

Elle déglutit péniblement tout en fixant le dessin.

— Vraiment ?

— Oui, répondit-il en levant la tête.

Ashley sentit les larmes lui monter aux yeux en voyant le regard mélancolique de Lachlan, si semblable à celui de son père.

— Pourquoi est-ce que je suis tout au fond ?

Son fils laissa échapper un petit soupir et ses épaules s'affaissèrent.

— Tu me manques, maman.

— Oh, mon chaton ! s'écria Ashley en le serrant très fort et en enfouissant le visage dans ses cheveux tout doux, qui sentaient si bon le shampoing pour bébé. Tu n'es pas heureux à la crèche et avec papy et mamie ?

— Si, répondit-il avec des sanglots dans la voix.

Ashley sentit son estomac se nouer et elle dut fermer les yeux pour retenir ses larmes.

— Tu sais bien que maman doit aller travailler, mon bébé, dit-elle en le lâchant. Je ne vais tout de même pas demander à papy et mamie de nous aider toute leur vie.

— Mais… et mon papa ? Il peut pas s'occuper de moi ?

Avant aujourd'hui, Lachlan ne lui avait encore jamais parlé de son père…

— Il ne sait pas que tu existes, mon cœur, lui avoua-t-elle dans un souffle.

— Pourquoi ?

Honteuse, Ashley détourna la tête.

— Je n'ai pas pu le lui dire…

— Mais pourquoi, maman ?

Elle ferma un instant les yeux.

— Parce qu'il n'avait pas envie d'être père.

— Mais moi, je veux un papa, dit Lachlan, ses immenses yeux noirs pleins de douleur et d'incompréhension. Tu crois qu'il va vouloir de moi si il me voit ?

Malgré la peine qu'elle éprouvait, Ashley se força à lui sourire.

— J'en suis sûr, mon chéri. Mais ça n'est pas possible.

— Pourquoi ?

Elle le serra contre elle sans répondre.

— Maman ?

— Oui, dit-elle en se mordant l'intérieur des joues pour ne pas pleurer.

— J'aime mon papa, même s'il veut pas me voir, déclara-t-il d'un ton solennel.

Et tandis que les mots de Lachlan résonnaient dans sa tête, Ashley sentit une souffrance immense l'envahir.

Howard ne dissimula pas sa joie en apprenant qu'elle avait décidé d'accepter de travailler pour Jake.

— Alors, tu en es sûre ? Si tu passes le mois à faire l'inventaire de ses biens, il nous fera cadeau du tout ? demanda-t-il encore incrédule.

Ashley hocha la tête d'un air sombre.

— C'est l'accord que nous avons passé.

— Pourtant, il y en a au moins pour…

Howard s'interrompit pour faire un rapide calcul à partir des notes qu'elle avait prises.

— Deux millions de dollars ! s'exclama-t-il.

— Je sais. Mais il ne veut pas d'argent.

— Il est fou ! s'écria-t-il. Complètement fou !

Ashley songea avec amertume que Jake savait au contraire très bien ce qu'il faisait.

— Et… euh…, poursuivit Howard en fronçant les sourcils, avant de s'interrompre pour s'éclaircir la gorge. Tu… tu es sûre qu'il n'attend rien d'autre de toi ?

— Que veux-tu dire ? demanda-t-elle en se sentant rougir.

— Il serait étonnant qu'il abandonne une telle fortune sans rien exiger en contrepartie.

— Il ne me demandera pas de coucher avec lui, si c'est ce qui t'inquiète, affirma Ashley, qui sentit aussitôt son cœur se serrer.

— C'est ce qu'il t'a dit ? interrogea-t-il en haussant ses sourcils roux.

Ashley hocha la tête et Howard laissa échapper un soupir de soulagement.

— Je te suis si reconnaissant ! Grâce à toi, nous serons à l'abri du besoin jusqu'au restant de nos jours… et nous allons pouvoir faire un somptueux mariage ! s'exclama-t-il, le visage rayonnant de bonheur. Ma mère est tout excitée. Elle veut que tu viennes dîner ce soir pour qu'on célèbre l'événement comme il se doit.

Ashley grimaça intérieurement. Elle n'avait aucune envie de voir Marguerite Caule, surtout pas ce soir.

— Désolée, mais j'ai besoin de passer du temps avec mon fils. Je ne l'ai pas beaucoup vu ces derniers temps et il me manque…

— Dans ce cas, vous n'avez qu'à venir ensemble, suggéra-t-il. Tu sais combien ma mère aime le voir.

« Le voir, oui, mais pas l'entendre », songea Ashley. La mère de Howard avait des idées complètement dépassées en ce qui concernait l'éducation des enfants. Pour elle, ils devaient rester sages comme des images et attendre l'autorisation d'un adulte pour prendre la parole…

— Une autre fois, dit-elle en évitant le regard implorant de Howard. J'ai trop de choses en tête en ce moment.

Il poussa un soupir.

— Tu veux que j'appelle Jake Marriott et que j'annule tout ? Tu sais, je n'ai pas l'intention de te forcer la main. Je n'ai aucune envie de te voir souffrir à cause de lui.

Ashley se sentit touchée par sa sollicitude. Les affaires de Howard n'étaient pas au beau fixe, et il était cependant prêt à renoncer à une fortune pour ne pas lui causer de peine… C'était vraiment un homme bien. Alors, pourquoi diable n'arrivait-elle pas à tomber amoureuse de lui ?

— Ne t'inquiète pas pour moi, dit-elle d'un ton résigné en prenant son sac à main et ses clés. Je vais garder mes distances.

— Bonne chance, Ashley !

— J'en aurai besoin, répondit-elle en le regardant d'un air triste. Jusqu'à présent, on ne peut pas dire qu'elle ait beaucoup été de mon côté.

— Mais la roue a tourné, affirma Howard. Ne regarde pas en arrière. Tu dois penser à l'avenir. A *notre* avenir…

Ashley lui adressa un faible sourire avant de quitter le magasin.

Le lendemain matin, alors qu'elle pénétrait de nouveau dans l'immense propriété, Ashley remarqua que la voiture de Jake n'était pas garée dans l'allée. La maison paraissait tout aussi déserte et abandonnée que la veille, malgré les rideaux ouverts. Avec l'étrange impression de franchir une barrière invisible, au-delà de laquelle se trouvait le passé de Jake, elle emprunta le sentier qui menait à la porte d'entrée.

Ashley sonna à la porte. Comme elle s'y attendait,

personne ne vint lui ouvrir. Elle sortit donc de son sac à main la clé que lui avait confiée Jake.

La porte émit un horrible grincement quand elle la poussa, et il y eut un fort courant d'air dans le couloir. Jake avait dû laisser une fenêtre ouverte, sans doute depuis hier soir, car l'odeur de renfermé avait presque disparu. Soudain, elle se rappela qu'il avait toujours eu l'habitude de laisser la fenêtre de leur chambre ouverte la nuit, même en plein cœur de l'hiver.

Ashley se promena dans un des salons, prenant quelques photos et notant dans un carnet des informations relatives à l'ancienneté et à la valeur estimée des objets. Plus elle progressait dans sa chasse au trésor, plus elle se rendait compte de l'immense fortune qu'allait rapporter à Howard la vente de ces biens.

Une fois l'inventaire de la pièce terminé, Ashley jeta un coup d'œil à sa montre. Cela faisait maintenant plus de deux heures qu'elle était arrivée, et Jake n'était toujours pas là. Elle décida de s'accorder une pause-déjeuner et se rendit dans la cuisine pour boire un verre d'eau et grignoter les biscuits qu'elle avait apportés.

La pièce était sombre et vieillotte, et les appareils électriques paraissaient tous hors d'âge. Sur le rebord de l'évier se trouvait une tasse ébréchée et tachée par le thé. Décidément, cette maison était un mélange curieux de sublime et de vétuste…

Quelle sorte d'homme avait bien pu être le père de Jake ? Ashley ne savait même pas à quoi lui et sa femme ressemblaient, et elle ne connaissait pas non plus leurs prénoms. Elle repensa soudain aux nombreux albums que sa propre mère avait constitués et dans lesquels elle avait consigné avec amour chaque moment important de leur vie. On y trouvait même des mèches de cheveux et de minuscules dents de bébé…

— Désolé pour mon retard, dit subitement la voix de Jake, derrière elle.

Ashley sursauta violemment et se retourna aussitôt, le cœur battant à tout rompre.

— Tu le fais exprès ou quoi ! On dirait que tu prends un malin plaisir à me faire peur ! Tu aurais pu me prévenir avant d'entrer !

— C'est ce que j'ai fait, rétorqua-t-il. Je t'ai appelée trois fois, mais tu n'as pas répondu.

Mal à l'aise, Ashley se mordit nerveusement la lèvre et reposa la tasse sur l'évier afin d'éviter le regard inquisiteur de Jake.

— J'ai bien avancé, lui annonça-t-elle.

— Et… ?

Ashley se tourna machinalement vers lui.

— Pas de doute, ton père s'y connaissait en antiquités.

— Comme dans beaucoup d'autres domaines, rétorqua-t-il en esquissant un sourire sans joie.

— Est-ce que ça t'aiderait de… d'en parler ? demanda-t-elle timidement.

Jake fronça les sourcils et elle vit son regard se durcir.

— De parler de quoi ?

— De ton enfance.

Jake détourna brusquement la tête, comme s'il venait de recevoir une gifle.

— Non, pas maintenant.

Ashley vit à sa mâchoire crispée et à son air sombre qu'il était de nouveau sur la défensive, et elle décida donc de changer de sujet.

— Tu voudrais que je m'attaque à quelle pièce, maintenant ?

Jake haussa les épaules.

— Peu importe. A toi de voir, dit-il.

— J'aimerais bien savoir où se trouvait ta chambre.

Il se raidit.

— Ma chambre ? Je t'interdis d'y entrer. Elle est fermée à clé et elle le restera. C'est clair ? demanda-t-il, les yeux brillants de colère.

— Comme tu veux…

— Si tu as besoin de moi, je serai dans le jardin de derrière, ajouta-t-il en sortant de la cuisine.

Ashley poussa un soupir tandis que la porte se refermait sur Jake. Seigneur, pensa-t-elle avec angoisse, dans quoi s'était-elle embarquée ?

Vers 15 heures, alors qu'elle venait de terminer l'inventaire du contenu du plus grand des salons de réception, Ashley éprouva le besoin de faire une nouvelle pause. La poussière lui brûlait les yeux et elle décida donc d'aller prendre l'air dans le jardin.

Après s'être assise au bas de l'escalier, elle étendit ses jambes dénudées au soleil et chercha machinalement Jake du regard. Torse nu, il était occupé à creuser le sol. Elle se mit à le contempler. Ses muscles puissants se tendaient à chaque coup de bêche dans la terre aride et sa poitrine recouverte de sueur brillait sous le chaud soleil printanier. Interrompant soudain son dur labeur, il s'essuya le front du revers de la main ; c'est alors qu'il la vit.

Jake planta la bêche dans le sol, se frotta les mains sur son jean et vint la rejoindre en bas de l'escalier du perron. Mais au lieu de s'asseoir à côté d'elle, il choisit de rester debout.

— Ça a l'air d'être un travail difficile. Tu veux que je t'apporte un verre d'eau ? proposa-t-elle en levant les yeux vers lui.

— Non, merci. J'ai déjà bu tout à l'heure.

Troublée par la vue du torse nu de Jake, Ashley baissa les yeux. Elle voulut se lever, mais elle perdit l'équilibre. Jake la rattrapa heureusement à temps.

— Ça va ? demanda-t-il en la remettant d'aplomb avec fermeté.

— Je… je vais bien… Tu peux me lâcher, dit-elle en

essayant de dégager son bras, tandis qu'il continuait à la maintenir prisonnière.

Ashley se tourna vers Jake. Les traces de terre sur son visage lui donnaient un air primitif, comme si le célèbre architecte avait laissé place à un homme plus rude, et elle fut saisie par l'envie irrépressible de poser ses lèvres sur son torse viril et de goûter à sa peau salée…

Soudain, il la libéra.

— Je t'ai salie, constata-t-il en reculant de quelques pas.

Ashley jeta un coup d'œil à ses avant-bras, et elle sentit un frisson la parcourir quand elle vit l'empreinte des doigts de Jake sur sa peau nacrée.

— Ça ne fait rien, répondit-elle. Heureusement, j'avais enlevé ma veste. J'avais si… si chaud…

Elle songea qu'elle aurait mieux fait de se taire en voyant Jake promener son regard sur ses jambes dénudées, son décolleté. En quatre ans, sa poitrine s'était épanouie, et ce changement ne lui avait apparemment pas échappé…

— Je vais retourner travailler, dit-elle en essayant de monter à reculons les marches du perron. Il y a encore tant à faire… et j'aimerais partir à l'heure…

— Si tu veux t'en aller maintenant, vas-y ! De toute façon, je vais bientôt m'arrêter, dit-il en se tournant vers le coin de jardin qu'il avait bêché, plissant les yeux à cause de la lumière du soleil.

— Tu comptes planter quoi ? l'interrogea-t-elle.

Après un temps qui lui parut infini, Jake se tourna vers elle et la regarda avec tellement d'intensité qu'elle en eut le souffle coupé.

— Rien du tout.

— Pourquoi creuser, alors ? demanda-t-elle interloquée, tout en jouant nerveusement avec la fine chaîne en argent qui pendait autour de son cou.

Jake eut un petit sourire triste.

— Des souvenirs, Ashley, voilà ce que je cherche,

lui confia-t-il d'une voix profonde et voilée. Rien d'autre que des souvenirs…

Ashley le dévisagea longuement, se demandant quelle vérité se dissimulait derrière son regard impénétrable. Jake avait toujours été très doué pour cacher ses sentiments, et elle n'avait jamais réussi à percer son mystère, éprouvant pour lui un mélange de fascination et de frustration. Aujourd'hui encore, malgré son attachement à Howard, elle ne pouvait s'empêcher d'être violemment attirée par Jake. Chaque fois qu'il plongeait ses yeux noirs dans les siens, une puissante onde de désir parcourait tout son être, et elle sentait son corps s'enflammer dès qu'il la touchait.

Le baiser de la veille lui revint soudain à la mémoire. Lorsqu'il avait posé ses lèvres brûlantes sur les siennes, elle avait été bouleversée et le monde autour d'elle avait cessé d'exister. Ashley savait avec certitude qu'elle n'aurait pas la force de le repousser s'il recommençait…

— Tu viens de transgresser la règle numéro trois. Pas de regard appuyé, tu te rappelles ? intervint soudain Jake d'un air amusé.

— Je ne te regardais pas vraiment. Je réfléchissais ! rétorqua-t-elle, les joues en feu.

— Je serais curieux de savoir à quoi. Ton ravissant visage est rouge comme une pivoine.

D'un geste de défi, elle balaya ses cheveux en arrière.

— Tu dis n'importe quoi ! rétorqua-t-elle. C'est juste que je ne supporte pas la chaleur, tu devrais t'en souvenir. Tu me disais toujours que…

Ashley s'interrompit brutalement. Elle ne voulait surtout pas laisser Jake croire qu'elle se rappelait chaque mot qu'il avait prononcé.

— Je te disais toujours… ?

— Rien. Je ne sais plus, dit-elle en évitant soigneusement de le regarder. C'était il y a si longtemps.

— Quatre ans, ce n'est pas si long.

— Quatre ans et demi, le corrigea-t-elle. Tu ne crois pas que le temps est venu de passer à autre chose ?

— C'est bien pour ça que je t'ai demandé de venir ici.

— Alors finissons-en, suggéra-t-elle en se retournant pour monter les marches de l'escalier.

— Ashley ? appela-t-il, alors qu'elle se trouvait tout en haut du perron.

Implorant le ciel de lui donner la force de soutenir le regard de Jake, la jeune femme pivota sur ses talons. Mais il l'avait suivie et se trouvait maintenant à quelques centimètres d'elle, si près qu'elle pouvait sentir son souffle sur sa joue. Il aurait suffi qu'elle se penche de quelques millimètres pour le toucher…

« Règle numéro un : on ne touche pas », se réprimanda-t-elle.

Elle posa les yeux sur la bouche sensuelle de Jake, et la règle numéro deux lui revint aussitôt à la mémoire : « Pas de baiser, pas de baiser, pas de baiser, pas de… »

— Je veux rendre visite à ta famille, annonça-t-il soudain. Je pense venir ce soir.

— Quoi ? dit-elle d'une voix étranglée. P… pourquoi ?

Jake la scruta longuement. Ashley croisa ses mains tremblantes devant elle et passa à toute vitesse en revue une liste d'excuses possibles.

— Nous avons tous quelque chose de prévu ce soir. La maison sera vide, dit-elle en se forçant à regarder Jake droit dans les yeux.

— Dans ce cas, je passerai demain.

— Il n'y aura personne non plus, s'empressa-t-elle de répondre.

Jake lui jeta un regard perplexe.

— Il me semblait pourtant que les membres de la famille Forrester n'aimaient pas sortir. Je croyais que pour vous, une soirée de folie consistait à aller ensemble au cinéma, souligna-t-il d'un air moqueur.

— Dis tout de suite qu'on vit comme des ermites !

rétorqua-t-elle d'un ton agressif. En tout cas, moi, je serai sortie. Howard a prévu de m'inviter au restaurant.

— Je n'ai pas besoin que tu sois là, précisa-t-il.

Peut-être pas, songea-t-elle, mais s'il tombait sur un des jouets de son fils, Jake poserait toutes sortes de questions auxquelles elle n'était pas prête à répondre. Sans compter que sa mère avait eu la bonne idée de tapisser les meubles et les murs du salon de portraits de Lachlan... Ashley pouvait tout de même difficilement effacer toute trace de son fils dans la maison...

— De toute façon, je suis convaincue que c'est une très mauvaise idée, dit-elle en continuant de se torturer l'esprit pour trouver une raison valable de refuser. Mes parents sont des gens droits, et étant donné que nous... enfin... toi et moi... nous nous sommes séparés en de mauvais termes, je doute qu'ils aient envie de te revoir.

— Ta mère ne m'a peut-être pas invité à prendre le thé, mais elle s'est tout de même montrée très aimable avec moi l'autre jour, rétorqua-t-il.

« Je vais t'étrangler, maman, se promit Ashley. Pourquoi faut-il toujours que tu sois si gentille ? »

— Howard n'apprécierait certainement pas que tu renoues avec ma famille, lança-t-elle en désespoir de cause.

Comme chaque fois qu'elle prononçait le nom de Howard, Jake eut un sourire ironique.

— Rien ne nous oblige à le lui dire, répondit-il en clignant de l'œil. Ce sera notre petit secret.

Un autre secret... Rien que d'y penser, Ashley en avait la nausée... Les quatre ans et demi écoulés lui avaient causé assez de tourments pour une vie entière, et depuis quelques jours, la tension avait encore grandi en elle, au point qu'elle avait l'impression d'avoir la tête dans un étau.

— Je refuse de cacher quoi que ce soit à Howard.

— Brave petite Ashley ! dit-il d'un ton moqueur.

Saisie par l'envie soudaine de le gifler, elle serra pourtant les poings, pressentant que ce geste les conduirait inéluctablement à briser toutes les autres règles qu'ils s'étaient fixées…

— Je vais arranger une rencontre entre toi et ma famille, concéda-t-elle à contrecœur. En terrain neutre, par exemple au restaurant. Disons… la semaine prochaine ou la suivante.

— Bien, mademoiselle, dit-il en inclinant la tête. Howard et toi n'avez qu'à vous joindre à la fête.

— Ce ne serait pas une bonne idée.

— Pourquoi ? Aurait-il peur de devoir payer l'addition ? demanda-t-il en riant.

Ashley lui jeta un regard glacial.

— Howard n'a peut-être pas autant d'argent que toi, mais au moins, c'est un honnête homme.

— Que veux-tu dire ? Que j'ai fait fortune par des moyens douteux ?

Elle vit ses yeux jeter des éclairs.

— Quand nous habitions à Londres, tu ne possédais rien, observa-t-elle. Je me demande comment tu as pu devenir si riche en aussi peu de temps…

— J'ai travaillé dur et j'ai eu beaucoup de chance. C'est tout.

— Tu voudrais me faire croire que tu es devenu richissime en quelques années seulement, sans avoir trempé dans aucune affaire louche ? l'interrogea-t-elle d'un air incrédule. Dans ce cas, tu serais bien inspiré d'écrire ton autobiographie. Je vois ça d'ici : « Comment je suis passé de la misère noire à la fortune, par Jake Marriot ». Ce serait à coup sûr un best-seller.

— Je n'ai jamais vécu dans la misère, précisa-t-il.

— C'est vrai… en tout cas pas après avoir emménagé avec moi, dit-elle d'un ton cinglant. Quelle aubaine ! Tu avais sous la main une bonne petite ménagère, en même temps qu'une amante docile…

Un silence glacial s'installa.

Ashley se sentait prise au piège. La porte derrière

elle était fermée et Jake bloquait de son corps puissant l'escalier, ne lui laissant aucune chance de fuite. L'air autour d'eux semblait saturé d'électricité, comme si la tension trop longtemps accumulée devait à tout prix être évacuée. Elle ne parvenait plus à contrôler les émotions qui l'envahissaient. Des émotions dangereuses, réprimées pendant tant d'années, et qui étaient sur le point de se déchaîner…

5.

Le cœur battant à toute allure, elle regardait Jake. Les yeux brûlants de désir, il approcha son visage du sien, si près que son souffle chaud vint caresser sa bouche entrouverte.

— N'y pense même pas, trouva-t-elle la force de murmurer, malgré sa gorge serrée.

— Encore une autre de tes petites règles ? lui demanda-t-il avec un sourire ironique.

Elle se passa la langue sur les lèvres.

— Oui, dit-elle avant de s'éclaircir la voix. Règle numéro quatre : ne pense pas à moi de cette manière.

— Comment peux-tu savoir ce que j'ai en tête ?

— Tu es encore un homme plein de vigueur, non ? A moins que tu aies changé de ce côté-là aussi…

Ashley retint sa respiration en attendant qu'il veuille bien lui répondre. Comme autrefois, Jake savait parfaitement jouer de ses silences, et à chaque seconde qui passait, elle sentait la tension s'accroître.

— Tu veux vérifier par toi-même ? finit-il par demander.

— Quoi ?

— Eh bien, oui. Après tout, c'est toi l'experte…

Ashley lui jeta un regard furieux.

— Tu te trouves sans doute très spirituel, dit-elle avant de prendre une profonde inspiration. Mais sache une bonne fois pour toutes que ça ne m'intéresse pas. Tu m'entends ? Ça ne m'intéresse pas !

— Tu pourrais répéter ?

Elle leva les yeux au ciel.

— Oh, pour l'amour de Dieu ! C'est donc trop difficile pour toi d'accepter l'idée que c'est terminé entre nous ?

— J'y arriverais beaucoup mieux si tu ne passais pas ton temps à me dévorer des yeux, fit-il observer.

— Quoi ! Tu as un sacré culot ! dit-elle en se plaquant contre la porte, malgré la poignée qui lui rentrait dans le bas du dos. Tu crois que je ne te vois pas venir avec tes gros sabots ?

— En fait, je porte des baskets…

— Je m'en fiche ! lança-t-elle.

Il la contempla longuement. Mise à nu par son regard scrutateur, Ashley sentait son cœur battre follement. Elle n'avait qu'une envie : disparaître à cent pieds sous terre.

— Tu vois ? Tu recommences ! s'écria-t-elle.

— Du calme ! Je ne te touche pas, se défendit-il.

— Là n'est pas la question. C'est déjà bien assez d'être à côté de toi, dit-elle en lui décochant un regard noir.

— Assez pour quoi, Ashley ? demanda-t-il d'une voix grave, infiniment sensuelle.

Elle serra les lèvres.

— Pour être tentée ? suggéra-t-il.

— Je ne suis pas tentée du tout, répliqua-t-elle, tout en souhaitant ardemment que ce fût vrai.

— Je comprends maintenant pourquoi tu as besoin de toutes ces règles. Elles ne sont pas pour moi, mais pour toi, affirma-t-il d'un ton légèrement moqueur. Pour te rappeler ton engagement envers ce bon vieux Howard.

— Howard n'est pas vieux ! riposta-t-elle. Il n'a que trente ans, et toi trente-trois !

— Tu te souviens de mon âge ! Je suis très touché, Ashley.

« Quelle idiote ! se maudit-elle en silence. Il faut vraiment que j'apprenne à tenir ma langue. »

— Bon ! Si tu n'y vois pas d'inconvénient, j'aimerais bien me remettre au travail, dit-elle d'un ton glacial.

Jake descendit une marche et Ashley sentit aussitôt sa respiration devenir plus régulière. Puis il retourna au fond du jardin et continua à bêcher le sol, comme si de rien n'était.

Après s'être forcée à détourner les yeux de son corps fin et musclé, Ashley ouvrit la porte et s'engouffra à l'intérieur de la maison. Etrangement, elle eut pour la première fois l'impression, en arrivant dans le couloir, que les ombres se faisaient moins menaçantes…

En arrivant chez ses parents, cet après-midi-là, après être allée chercher son fils à la crèche, la première personne qu'Ashley vit fut son père.

— Il faut que je te parle, papa, dit-elle en accrochant le sac à dos de son fils à la patère de la porte de cuisine.

— Où est Lachlan ?

— Dehors, en train de jouer, dit-elle.

Son petit garçon, débordant d'énergie, avait passé le trajet du retour à jacasser et à s'agiter sur son siège.

— Qu'est-ce qu'il y a, ma chérie ? demanda son père en la regardant d'un air inquiet.

Ashley poussa un profond soupir.

— Jake aimerait vous voir, maman et toi.

Son père fronça les sourcils.

— Un peu délicat à gérer comme situation…

— Ne m'en parle pas ! Figure-toi qu'il voulait même venir ce soir ! Heureusement, j'ai réussi à l'en dissuader, expliqua-t-elle en tendant la main pour prendre la bouilloire. En revanche, j'ai été assez bête pour dire à Jake que j'organiserais une rencontre, au restaurant ou ailleurs, d'ici une semaine ou deux. Je suis désolée, je n'avais pas à vous imposer ça… Mais je perds tous mes moyens quand je suis avec lui !

Elle s'appuya contre le dossier de la banquette en attendant que l'eau chauffe.

— C'est normal, tu as vécu plus de quatre ans avec lui. Tu ne peux pas effacer le passé d'un coup de baguette magique. Surtout que vous avez eu un fils ensemble…

— Tu penses que je devrais lui dire la vérité, n'est-ce pas ? l'interrogea-t-elle.

Son père marqua un silence.

— Jake est un homme compliqué, mais il a les pieds sur terre. Il pourrait se révéler un bon père…

— Papa ! Hier encore, il me disait qu'il ne voulait pas d'enfants !

— Il changera peut-être d'avis en voyant Lachlan.

Ashley eut un sourire triste.

— Maman et toi, vous êtes les grands-parents les plus dévoués qui soient, alors naturellement, vous pensez que Jake va adorer Lachlan. Mais je connais bien Jake… Tôt ou tard, il finira par détester son fils, pour la simple raison qu'il a eu l'audace de naître sans sa permission.

— Je comprends ton inquiétude, Ashley. Cela dit, Jake a des droits sur cet enfant !

— Je le sais bien, soupira-t-elle. Mais je ne suis pas encore prête à lui dire la vérité. J'ai besoin de temps pour m'y préparer… et pour préparer Lachlan.

— Et Jake, qui va le préparer ? l'interrogea-t-il.

— Ce n'est pas mon problème.

Son père sortit du placard deux tasses qu'il posa sur la table. Ashley mit un sachet de thé dans chacune et y versa l'eau frémissante.

— Je vais finir par lui en parler, papa, poursuivit-elle. Je te le promets.

— Je te crois, répondit son père en soulevant sa tasse. J'espère simplement qu'il ne sera pas trop tard…

Ashley prit l'autre tasse, et tandis que le thé infusait, elle observa l'eau en train de se colorer. Elle pensa au regard sombre de Jake, un regard indéchiffrable, capable de la glacer comme de toucher les tréfonds de son âme.

— Mieux vaut tard que jamais, murmura-t-elle.

— Certes, dit son père. Mais je redoute tout de même sa réaction.

Ashley grimaça. Depuis le retour de Jake, elle ne cessait de se demander comment il allait accueillir la nouvelle, et son esprit torturé échafaudait les pires scénarios, tant et si bien qu'elle n'arrivait plus à trouver le sommeil…

— Alors, tu en es où de ton travail ? l'interrogea Howard, le lendemain matin.

Ashley lui tendit le carnet dans lequel elle avait consigné ses observations.

— J'ai commencé par m'occuper du grand salon de réception. Je me suis surtout intéressée aux meubles, parce que pour ce qui est des figurines en porcelaine, je vais avoir besoin de ton aide. En ce qui concerne le tableau dont je t'avais parlé, je suis à peu près sûre que c'est un original du peintre Auguste Earle. Il vaut à lui seul une somme folle.

— Bon travail, la félicita Howard en parcourant ses notes.

— J'ai également pris des photos, mais je ne les ai pas encore téléchargées sur l'ordinateur. La maison est immense, et certaines pièces sont pleines à craquer. Je vais en avoir pour un moment à tout photographier. Sans compter les recherches que je dois faire…

— Et comment ça s'est passé avec Jake ? demanda-t-il d'un ton légèrement inquisiteur.

— Plutôt bien, je suppose.

— Il ne t'a pas… fait des avances ?

— Bien sûr que non ! s'écria-t-elle avec véhémence.

Howard la regarda d'un air un peu honteux.

— Je te fais confiance. C'est de Jake que je me méfie.

— Tu ne l'as rencontré qu'une seule fois ! Ça me paraît un peu juste pour porter un tel jugement.

— C'est vrai. Mais je connais ce genre d'hommes, rétorqua Howard. L'argent, le pouvoir, les femmes, ils veulent tout… et ne reculent devant rien pour l'obtenir.

Ashley se garda bien de lui dire qu'il avait su cerner la personnalité de son ancien amant.

— Je croyais pourtant que tu étais ravi que je travaille avec lui.

— Plus que ravi, Ashley. J'ai l'impression de vivre un rêve éveillé. C'est tellement inespéré ! Le prochain salon des antiquaires va tomber à point nommé : je vais tirer une fortune de tous ces biens !

— A condition que Jake tienne ses engagements, maugréa-t-elle.

— Que veux-tu dire ? demanda Howard, l'air consterné.

— Qui sait ce qu'il serait capable de faire s'il découvrait la vérité au sujet de Lachlan ? J'ai tellement de mal à comprendre Jake ! Il est si changeant ! Parfois, j'ai l'impression qu'il meurt d'envie de me parler de son passé, et puis d'un seul coup, il se ferme comme une huître.

— N'oublie pas qu'il traverse une période difficile. Quand mon père est mort, j'étais moi aussi tiraillé entre le besoin de parler et la peur de m'effondrer si je commençais à le faire.

Ashley se mordit nerveusement la lèvre.

— Je peux me tromper, mais je ne crois pas qu'il regrette beaucoup son père.

— Ah bon ! s'exclama Howard en fronçant les sourcils. Pourquoi ? Ils ne s'entendaient pas ?

— Je ne sais pas trop. Mais sinon, quelle raison le pousserait à se débarrasser de tout ce qu'il lui a laissé ?

Howard haussa les épaules et poussa un soupir.

— Je suppose que tu ne risques rien à écouter les confidences de Jake. Après tout, il pourrait t'apparaître sous un jour nouveau.

Ashley lui adressa un faible sourire. Elle n'avait aucune envie de voir Jake Marriott sous un jour nouveau. Elle ne souhaitait d'ailleurs qu'une chose : ne plus le voir du tout, jamais. Avec lui, elle n'était pas en sécurité…

— Allez ! l'exhorta Mia. Pousse sur tes jambes ! Plus fort que ça ! En haut, en bas, en haut, en bas…

Sur le stepper du club de gym, Ashley avait l'impression que ses cuisses pesaient deux tonnes.

— Tu m'avais promis que j'allais m'amuser ! réussit-elle à articuler, à bout de souffle.

— Avec un peu d'entraînement, tu finiras par y prendre goût, répondit sa sœur en sautant d'un bond sur un tapis de marche.

Après avoir sélectionné la vitesse maximale, Mia se mit à courir plus rapidement qu'un lévrier, et Ashley regarda avec envie le corps svelte et tonique de sa sœur se mouvoir sans effort.

— Tu me rends malade, lui dit-elle en s'accrochant aux poignées de sa machine, les paumes glissantes et les jambes lourdes.

Tout en continuant de courir, Mia lui adressa un doux sourire.

— Tu n'avais pas besoin de faire croire à Jake que tu étais une habituée des clubs de gym !

— Merci de me le rappeler…

— De toute façon, c'est une bonne idée de faire un peu d'exercice, poursuivit Mia tout en continuant à courir. Tu ne prends pas suffisamment soin de toi. Tu verras, l'endroit est idéal pour oublier tous ses soucis et faire le plein d'énergie.

Ashley jeta un coup d'œil autour d'elle, se demandant si sa sœur n'était pas devenue folle. La salle était remplie de corps en sueur, la musique faisait un bruit assourdissant et une rangée de téléviseurs diffusait en permanence les bulletins d'informations des grandes chaînes nationales. Un entraîneur nourri aux stéroïdes ajoutait à la cacophonie ambiante en hurlant, tel un sergent instructeur, des ordres à un homme bedonnant.

— J'ai du mal à le croire, dit Ashley en tournant la tête vers sa sœur.

Mia lui adressa un grand sourire.

— Je t'assure ! Et en plus, on peut y faire des rencontres très agréables, ajouta-t-elle en jetant un coup d'œil à un homme allongé sur un banc de musculation. Pas mal, non ? Je sens que je vais être de bonne humeur aujourd'hui…

En regardant l'homme soulever ses haltères, Ashley ne put s'empêcher de songer que les muscles de Jake étaient mieux dessinés. Cependant, elle devait reconnaître que sa sœur avait raison. Il y avait nettement pire pour commencer la matinée…

— Je peux m'arrêter maintenant ? gémit-elle soudain, au bord de l'épuisement.

— Encore cinq minutes. Ensuite, nous ferons quelques abdos, l'informa Mia en souriant.

Ashley lui jeta un regard en biais.

— Combien ?

— Je pense que trois cents suffiront, trancha sa sœur. Tu n'as pas de problème de poids. Tu manques juste de tonus.

— Trois cents ! se lamenta Ashley.

— Allez ! dit Mia en descendant de l'appareil, avant de traîner un tapis de sol près du mur recouvert de miroirs. Viens par là ! Hop ! Sur le dos ! Vas-y ! Un… deux… trois… quatre… cinq…

Quand Ashley arriva à la maison de Jake, ce matin-là, il faisait plus de trente-cinq degrés et l'air était chargé d'humidité. Un amas de nuages noirs et menaçants s'était rassemblé à l'ouest, comme pour protester contre cette chaleur étouffante qui n'était pas de saison.

Visiblement, elle était une fois encore la première arrivée. Après avoir ouvert la porte de derrière, elle pénétra dans le long couloir sombre, où il faisait heureusement beaucoup plus frais qu'à l'extérieur.

Ashley se rendit dans le second salon de réception. Bien que plus petit que l'autre, il contenait une quantité impressionnante de meubles et d'objets divers. Elle resta admirative devant un superbe cabinet miniature de bois de rose de l'époque Régence, marqueté de cuivre, et passa délicatement la main dessus. Posé sur des pieds fuselés, il comportait un tiroir à encadrement de cuivre et une porte coulissante ornée d'une grille, elle aussi en cuivre. Il ne faisait aucun doute que le meuble se vendrait à un prix fou au salon des antiquaires, et le seul fait que Howard l'ait eu en sa possession contribuerait grandement à asseoir sa réputation.

Son regard se posa ensuite sur un cabinet en acajou George III, puis sur un superbe buffet victorien en noyer et incrustations de marqueterie, avec des panneaux de porte en doucine dans des encadrements rehaussés de laiton.

Après toutes ces années, les meubles n'avaient rien perdu de leur éclat, et Ashley songea, tout en prenant quelques photos, que les rideaux des fenêtres n'avaient pas dû être souvent ouverts.

Depuis qu'elle travaillait avec Howard, elle avait eu maintes fois l'occasion de visiter de somptueuses propriétés, mais elle n'avait encore jamais vu de tels trésors. Pourquoi diable le père de Jake s'était-il contenté de les entasser dans les différentes pièces, au lieu de chercher à les mettre en valeur ?

Ashley essaya de nouveau d'imaginer l'enfance de Jake, dans cette maison remplie d'antiquités. En regardant un bibelot rare, elle songea que Lachlan, s'il avait vécu ici, aurait passé son temps à toucher les objets et aurait sans doute fini par casser quelque chose. Récemment, il avait ébréché par inadvertance un vase dans la maison de Howard, et il s'était fait vivement réprimander par Marguerite Caule. Ashley frissonna en repensant aux torrents de larmes qu'il avait ensuite versés.

Ashley quitta le salon de réception. Une fois dans le couloir, elle resta à fixer la porte qui menait à la chambre de Jake, située un peu plus loin. Pourquoi lui en avait-il interdit l'accès ? Que redoutait-il qu'elle découvre en y pénétrant ?

Elle avança lentement vers la chambre, les lattes du plancher craquant sous ses pas, comme pour la prévenir de ne pas s'aventurer plus loin. A en croire Jake, la pièce était fermée à clé, mais après tout, elle ne risquait rien à le vérifier par elle-même.

Ashley tourna avec précaution la poignée de la porte, qui s'ouvrit sans un bruit. Pendant un temps infini, elle resta figée sur place, osant à peine respirer, mais la curiosité la poussa finalement à entrer dans la pièce. Les rideaux de la fenêtre étaient entrouverts, et malgré le temps couvert, elle parvenait à distinguer le mobilier. L'endroit était sommairement meublé : un lit à une place, recouvert d'un affreux couvre-lit marron, une armoire bas de gamme, une vieille commode et, juste au-dessus, un miroir fêlé et tout cabossé.

Par endroits, les murs étaient défoncés. Il y avait des traces de colle, mais pas de posters ni de photographies. Quand elle vivait avec Jake, Ashley avait un jour demandé à voir des photos de lui enfant. Il lui avait répondu qu'il ne s'était pas donné la peine d'en apporter en Angleterre. Mais maintenant, dans le vide douloureux de cette pièce sinistre, elle ne pouvait s'empêcher de se demander si son père l'avait jamais pris en photo.

Cette maison n'abritait aucun souvenir joyeux. La pensée s'insinua dans son esprit et Ashley ne parvint plus à s'en défaire.

Et soudain, la terrible vérité s'imposa à elle.

Jake avait été maltraité par son père...

Tandis que les pièces du puzzle sordide commençaient à se mettre en place, Ashley sentit son estomac se nouer. Tout prenait un sens maintenant ! Il n'était pas étonnant que Jake tienne tant à se débarrasser de ce qui avait trait à son père et qu'il ne veuille à aucun prix d'un enfant !

« Oh, Jake ! Pourquoi ne m'avoir rien dit ? »

Elle regarda de nouveau le miroir et ouvrit de grands yeux en apercevant dans un coin une tache sombre qui ressemblait à du sang. Horrifiée, elle détourna la tête, et ses yeux se posèrent alors sur la commode.

Poussée par une impérieuse nécessité, elle ouvrit le tiroir du haut, qui glissa avec peine. Il était rempli de chaussettes dépareillées, de sous-vêtements usés et de vieux mouchoirs en tissu. Après l'avoir refermé, elle inspecta celui du milieu. Il contenait quelques T-shirts chiffonnés et un sweat-shirt roulé en boule. Elle le ferma à son tour et s'intéressa au tiroir du bas. Elle n'y trouva que deux jeans usés jusqu'à la corde. Ashley ne put retenir un petit sourire en pensant à ceux de ses sœurs, tout aussi effilochés et troués, qu'elles achetaient à prix d'or sous prétexte que c'était la mode.

Le tiroir buta quand elle voulut le refermer. Ashley essaya encore une fois de le pousser, mais comme il refusait obstinément de bouger, elle se baissa pour tenter de trouver ce qui le maintenait coincé. Dans la pénombre, elle avait du mal à voir quoi que ce soit, aussi décida-t-elle de le retirer de la commode pour faciliter ses recherches. Au moment où elle sortait le tiroir du cadre de bois, un petit paquet tomba à ses pieds. Ashley se pencha pour le ramasser.

6.

Il s'agissait d'une enveloppe jaunie, aux bords usés, dont Ashley sortit un petit paquet de photos. En découvrant la première, qui représentait Jake à un an et demi environ, elle fut stupéfaite de voir qu'il ressemblait trait pour trait à Lachlan au même âge.

— Je croyais pourtant t'avoir formellement interdit d'entrer dans ma chambre ! Je n'ai pas été assez clair ?

Ashley se retourna à toute vitesse, lâchant les photos qui vinrent s'éparpiller à ses pieds.

— Je… je…, bredouilla-t-elle.

— Il n'y a aucun objet de valeur ici ! la coupa Jake en la regardant d'un air furieux.

Un lourd silence emplit la pièce tandis qu'il ramassait les clichés.

— Je te l'avais dit, mais bien sûr, tu n'as pas pu t'empêcher de vérifier par toi-même ! lança-t-il d'un ton accusateur.

Jake se planta en face d'elle, si près qu'elle sentit la chaleur de son corps vigoureux irradier vers elle. Sa peau dégageait une odeur mâle et épicée, que ne parvenait pas à masquer le parfum citronné de son après-rasage.

— La porte… elle n'était pas fermée à clé…

— En temps normal, elle l'est, mais je pensais pouvoir te faire confiance. Visiblement, j'ai eu tort.

— Je voulais simplement m'assurer qu'elle était bien verrouillée ! rétorqua-t-elle d'une voix plaintive.

Jake poussa un petit rire sarcastique.

— C'est sans doute pour ça que tu t'es permis de fouiller dans mes affaires !

Ashley baissa les yeux, honteuse.

— Je me demande pourquoi ton père a jugé bon de les conserver, murmura-t-elle.

— Très franchement, moi aussi.

Il y eut un long silence.

— Peut-être que tu lui manquais, suggéra-t-elle au bout d'un moment.

Elle vit ses traits se durcir encore.

— C'est possible, en effet, reconnut-il, le regard étincelant de colère.

Mal à l'aise, Ashley détourna la tête et tomba sur son propre reflet dans le miroir. Elle regarda sans les reconnaître ses joues écarlates, ses yeux bleus qui brillaient d'un éclat fiévreux et sa bouche tremblante.

Jake se trouvait juste derrière elle. Il lui suffirait de reculer d'un pas pour le toucher… Elle ne put s'empêcher de tressaillir en croisant son regard sombre dans le miroir. Serait-elle un jour capable de le regarder sans être envahie par un désir si puissant qu'il faisait voler en éclats toutes ses résolutions ?

Soudain, elle crut défaillir en sentant ses larges mains se poser sur ses épaules nues.

— Tu… tu me touches, dit-elle en tentant vainement de calmer les battements affolés de son cœur.

— Mmm… oui…, répondit-il en glissant lentement les mains le long de ses bras fins, avant d'emprisonner ses poignets.

— Tu ne respectes pas nos règles, s'indigna-t-elle, le souffle coupé.

— C'est toi qui as commencé. Tu n'avais qu'à ne pas me désobéir, rétorqua-t-il en lui caressant doucement les bras. Maintenant, je vais devoir trouver un châtiment adapté…

Sans trop savoir si elle s'était retournée de sa propre volonté ou s'il l'y avait contrainte, Ashley se retrouva soudain face à Jake. Après l'avoir attirée tout contre lui, il s'empara de sa bouche, et elle poussa un petit gémissement de plaisir quand sa langue se fraya un chemin entre ses lèvres. Ivre d'une volupté trop longtemps contenue, elle répondit sans retenue à son baiser. Tandis que leurs langues se mêlaient, elle fut parcourue par un violent frisson.

Ashley passa les mains autour de la nuque de Jake et enfonça les doigts dans ses cheveux épais et soyeux, les lèvres toujours soudées aux siennes. Il l'embrassait avec passion, lui mordillant et lui suçant la lèvre inférieure, et elle lui rendait passionnément ses baisers.

Emportée dans un tourbillon de sensations, elle remarqua à peine le flash lumineux qui éclaira la pièce, et le grondement lointain du tonnerre se confondit avec les gémissements rauques de Jake. Grisée, elle perdit complètement pied avec la réalité : elle n'était plus la fiancée de Howard, mais celle de Jake, et savait, comme autrefois, mettre ses sens à feu et à sang.

Lorsqu'il glissa les mains sous son débardeur, Ashley ne fit rien pour l'arrêter, assaillie par le besoin impérieux de sentir ses paumes brûlantes emprisonner ses seins gorgés de désir. Après avoir dégrafé son soutien-gorge, Jake caressa l'un de ses seins, puis ses lèvres chaudes capturèrent la chair tendre de son mamelon, et il commença à en lécher la pointe durcie. Alors qu'elle pensait ne pas pouvoir en supporter davantage, il s'empara de l'autre sein et poursuivit son exquise torture. Gémissante, la nuque renversée, Ashley sentit ses jambes vaciller, terrassée par l'intensité de son désir.

Jake la poussa contre le montant du lit. Elle tenta un instant de se redresser, se rappelant brusquement son engagement envers Howard, mais toute idée de résistance disparut comme par magie quand il la plaqua sur le matelas, pressant son corps puissant contre le sien.

— J'ai tellement attendu ce moment, soupira-t-il, le regard consumé de désir.

Ashley sentit son sang se glacer. Avait-elle bien entendu ce qu'il venait de dire ?

— Comment ça ? demanda-t-elle en se dégageant de son étreinte, avant de se relever.

Il voulut la contraindre à s'allonger de nouveau, mais elle le repoussa.

— Réponds-moi, Jake !

— Ça ne peut vraiment pas attendre ?

— Non ! Je veux savoir ! répondit-elle d'un ton déterminé.

Jake poussa un profond soupir.

— Pourquoi sembles-tu si étonnée ? Je ne t'ai jamais caché mon intention de te revoir. Je t'en ai même parlé dès le premier jour, au bar de l'hôtel.

— Mais tu as également affirmé que tu ne voulais pas coucher avec moi. Tu sembles avoir oublié ce petit détail, l'accusa-t-elle.

Jake eut un petit sourire sarcastique.

— C'est parce que je n'étais pas certain que tu avais encore envie de moi. Mais maintenant, j'en suis sûr.

— Je suis fiancée à Howard ! s'exclama-t-elle en martelant ses mots. Combien de fois faudra-t-il te le répéter ?

— Qui cherches-tu à convaincre, au juste ? Toi ou moi ?

Ashley sentit bouillir en elle une violence d'une intensité inouïe, et elle dut serrer les poings de toutes ses forces pour résister à la tentation de faire disparaître ce petit sourire suffisant du visage de Jake en le giflant.

— Si tu crois pouvoir te moquer de moi, tu te trompes ! s'écria-t-elle d'un ton cinglant. Je ne suis plus la gamine naïve d'autrefois, et je vois parfaitement clair dans ton jeu. Dès que tu en auras fini avec moi, tu retourneras à

Londres ou ailleurs, briser d'autres cœurs. Tu as toujours été incapable de construire une relation durable !

Jake croisa les bras d'un air désinvolte.

— Et toi, tu n'as jamais pu concevoir qu'on puisse aimer sincèrement quelqu'un sans pour autant vouloir l'épouser, n'est-ce pas ? demanda-t-il en la regardant droit dans les yeux. Ce qui m'amène à la question suivante : pourquoi ne portes-tu pas de bague de fiançailles ? Howard n'a pas de quoi t'en payer une ?

Toute l'amertume et la frustration accumulées au cours des dernières années remontèrent d'un seul coup à la surface, et Ashley eut soudain l'impression qu'elle allait exploser. Elle ouvrit la bouche pour laisser éclater sa colère, mais au lieu d'un torrent d'invectives, il n'en sortit à son grand étonnement qu'un sanglot étouffé.

Abasourdi, Jake la regarda dissimuler son visage derrière les paumes de ses mains, ses frêles épaules secouées par des hoquets de plus en plus forts.

— Je suis désolé, dit-il en l'attirant contre lui.

Ashley ne répondit rien, mais elle se blottit contre lui, mouillant de ses larmes son mince T-shirt en coton.

Jake ne se rappelait pas l'avoir déjà vue pleurer, et il lui en avait été reconnaissant, lui qui avait horreur des larmes. Très jeune, il avait appris à ne rien laisser paraître de ses sentiments, et même dans les moments les plus durs, il n'avait jamais flanché. Sauf le jour où son père lui avait enlevé sa petite chienne, le seul rayon de soleil de son enfance…

Soudain, Ashley se dégagea de son étreinte et s'essuya discrètement les yeux du revers de la main. Jake ouvrit le premier tiroir de la commode et en sortit un mouchoir en tissu.

— Tiens ! dit-il d'un ton légèrement bourru. Il est un peu froissé.

— Ça ne fait rien, merci, répondit-elle en attrapant le mouchoir qu'il lui tendait.

Jake la regarda essuyer ses larmes, souhaitant de toutes ses forces trouver quelque chose à dire pour la consoler. Si seulement il pouvait tout lui expliquer et prendre avec elle un nouveau départ…

Il ne désirait rien d'autre que de devenir l'homme dont elle avait besoin, un homme solide et fiable, prêt à fonder une famille. Mais quelle garantie avait-il qu'il ne finirait pas par ressembler à son père ? Même si tout se passait bien pendant un an ou deux, ses gènes avaient toutes les chances de prendre un jour le dessus, et il n'était pas prêt à courir ce risque…

Ashley se tourna vers lui, son mouchoir serré au creux de la main.

— Excuse-moi, dit-elle d'un ton penaud. Je n'ai pas l'habitude de pleurer.

Jake lui adressa un sourire plein de gentillesse.

— Je le sais, acquiesça-t-il avec douceur. Mais tout le monde a ses limites.

— C'est cette maison, soupira-t-elle, les yeux baissés. Il s'en dégage une telle tristesse !

Stupéfié par la justesse de sa réflexion, Jake songea que si les murs de la chambre avaient pu parler, ils auraient eu beaucoup de choses à raconter à Ashley… Même le miroir avait gardé, dans un coin, une trace des tout derniers coups que lui avait donnés son père. Ce jour-là, son sang avait giclé sur le mur…

Jake s'efforça de chasser de son esprit ce pénible souvenir. Après avoir pris l'enveloppe contenant les photos, il s'installa sur le lit et fit signe à Ashley de le rejoindre.

— Allez, viens ici ! s'exclama-t-il en tapotant le matelas à côté de lui.

Elle le regarda d'un air méfiant.

— Personne ne touche personne, ça te va ? ajouta-t-il.

Ashley s'assit sur le lit, à bonne distance de Jake, et retint sa respiration tandis qu'il sortait une première photo de l'enveloppe. C'était celle qu'elle avait vue tout à l'heure. De nouveau, elle fut frappée par la ressemblance entre Lachlan et lui.

— Je devais avoir un an et demi, dit-il en retournant la photo pour voir ce qui était inscrit au dos. Oui, c'est bien ça.

— Qu'est-ce qui est écrit ? demanda-t-elle.

— Ce que je faisais, les mots que j'ai prononcés, ce genre de choses, dit-il en remettant la photo dans l'enveloppe. C'est l'écriture de ma mère.

Ashley fut assaillie par un profond sentiment de culpabilité en repensant aux moments de bonheur qu'elle avait connus avec Lachlan. Il était encore très jeune et elle avait déjà tant de merveilleux souvenirs ! Jake, lui, n'avait pas vu son fils faire ses premiers pas. Il n'avait pas entendu son tout premier « je t'aime ». Ces années-là ne pourraient jamais lui être rendues…

Jake sortit un autre cliché de l'enveloppe et le lui tendit. Ashley sentit la caresse chaude de ses doigts contre les siens, mais au lieu d'écarter la main, elle tint avec lui la photographie.

Elle représentait un drôle de petit chien blanc au regard vif, avec une tache noire et fauve autour de l'œil droit, et deux ou trois autres sur le corps. C'était un genre de fox-terrier, et son museau fin et étroit donnait l'impression qu'il souriait.

— C'était ton chien ? demanda-t-elle en se tournant vers Jake.

Il hocha la tête et poussa un petit soupir.

— Il était très mignon, ajouta-t-elle.

— *Elle*… C'était une femelle, précisa-t-il en remettant la photo avec les autres, avant de fermer l'enveloppe. Un jour, elle m'a suivi alors que je rentrais de l'école. Je devais avoir huit ans. Je l'ai appelée Patch.

— Combien de temps l'as-tu gardée ?

— Un peu plus d'un an, peut-être deux.

— Que s'est-il passé ensuite ?

Jake lui jeta un bref coup d'œil avant de détourner la tête.

— Mon père l'a abandonnée en pleine nature.

Ashley eut un pincement au cœur en pensant au chagrin que le petit garçon avait dû éprouver.

— Pourquoi a-t-il fait ça ?

Jake haussa légèrement les épaules.

— Je l'ignore. J'avais sans doute fait quelque chose qui lui avait déplu, répondit-il en se levant.

— Et Patch ? Tu ne l'as jamais revue ?

— Non, se contenta-t-il de dire.

Il y eut un long silence.

— Je peux voir les autres photos ? demanda-t-elle.

Pour toute réponse, Jake rangea l'enveloppe dans le tiroir de la commode. Quand il se tourna de nouveau vers elle, son visage était crispé, comme s'il craignait d'en avoir trop dit.

— Peut-être une autre fois, répondit-il en passant devant elle pour lui ouvrir la porte. Je ne voudrais pas que tu prennes du retard dans ton travail à cause de moi.

Ashley quitta à regret la chambre. Pour la première fois de sa vie, Jake avait accepté de s'ouvrir à elle, la laissant entrevoir les blessures de son enfance ; et elle avait l'étrange impression que ses confidences avaient fait fondre toute la rancune qu'elle éprouvait pour lui, libérant l'amour qu'elle avait gardé emprisonné au fond de son cœur…

Une fois dans le couloir, Ashley ouvrit une porte au hasard et se retrouva dans ce qui ressemblait à une salle à manger. Quand elle appuya sur l'interrupteur, les lumières du lustre en cristal taillé se mirent à trembloter, comme si elles hésitaient à se donner la peine d'éclairer les lieux. La pièce était sinistre, et de repoussantes toiles d'araignées pendaient au plafond. Une table trônait au centre, dressée pour deux. Ashley remarqua avec une grimace de dégoût que la vaisselle de faïence et de porcelaine était couverte d'une épaisse couche de poussière, de même que les verres à vin et à eau, comme s'ils attendaient leurs convives depuis une éternité.

Ashley se dirigea vers la fenêtre la plus proche. Alors qu'elle s'apprêtait à tirer sur la corde pour remonter le store, elle poussa un hurlement d'épouvante en voyant une grosse araignée velue courir sur sa main.

La porte de la salle à manger s'ouvrit dans un tel fracas que les verres s'entrechoquèrent.

— Que se passe-t-il ? demanda Jake en se précipitant vers elle, l'air inquiet.

— Rien, dit-elle en poussant un petit rire gêné. C'était juste une araignée.

Il fronça les sourcils.

— J'ignorais que tu avais peur des araignées.

— D'habitude, non, mais là, elle était sur moi ! s'exclama Ashley en se frottant la main sur son débardeur.

— Tu veux que je t'en débarrasse ? Où est-elle maintenant ? demanda-t-il en examinant l'encadrement de la fenêtre.

— Merci, mais elle a dû filer. A moins que mon cri ne l'ait foudroyée sur place.

Jake lui adressa un grand sourire.

— Je ne t'aurais jamais crue capable de crier aussi fort.

— Figure-toi que j'ai des années d'entraînement derrière moi, rétorqua-t-elle. Avec mes sœurs, on faisait des concours de hurlements.

— Mon Dieu ! Je plains tes pauvres parents !

— Tu peux, dit-elle en souriant. D'autant que nous étions vraiment douées. Un jour, les voisins ont même appelé la police, persuadés qu'un drame venait d'avoir lieu.

Brusquement, elle vit le visage de Jake s'assombrir.

— Qu'est-ce qu'il y a ? demanda-t-elle en le regardant d'un air interrogateur.

Il se tourna vers la fenêtre et remonta le store. Les

nuages noirs s'étaient déplacés au-dessus du jardin, projetant leurs ombres menaçantes dans la salle à manger. Soudain, les lumières s'éteignirent, et la foudre tomba au même moment juste à côté de la maison, plongeant la pièce dans une atmosphère fantomatique et l'emplissant d'un vacarme assourdissant.

— Tu n'as pas peur des orages ? lui demanda Jake.

— Non… pas vraiment. Et toi ?

— Plus maintenant, dit-il en se retournant.

— Mais avant, oui ?

Il s'écoula un temps infini avant qu'il ne lui réponde.

— Mon père a toujours su utiliser la nature à son avantage… Et bien sûr, aucun des voisins n'a jamais appelé la police. Le grondement du tonnerre masquait les chocs et les coups…

Prise d'une nausée soudaine, Ashley sentit ses jambes flageoler.

— Oh, Jake…, souffla-t-elle. Pourquoi ne m'as-tu rien dit ?

— J'ai tourné la page, Ashley. Mon père est mort et la vie continue. Aujourd'hui, je ne crains plus les orages.

Elle regarda la cicatrice au-dessus de son œil droit. La ligne blanche interrompait son arcade sourcilière, telle une langue de feu à travers la forêt.

— Cette cicatrice… Tu m'as dit que tu t'étais battu, lui rappela-t-elle d'une voix tremblante. C'est ton père qui t'a frappé, n'est-ce pas ?

Jake passa le doigt dessus, comme pour s'assurer qu'elle était toujours là.

— C'était deux jours avant mon seizième anniversaire. Je suis parti de la maison en me jurant de ne jamais revoir mon père.

— Tu as tenu ta promesse, pas vrai ?

— Oui. Je ne l'ai pas revu vivant.

— Si seulement tu m'avais tout raconté quand nous

étions ensemble ! s'écria-t-elle. J'aurais mieux compris pourquoi tu…

— Qu'est-ce que ça aurait changé ? l'interrompit-il d'un ton furieux. Sais-tu ce que c'est d'aller se coucher sans avoir mangé ? De rentrer chez soi la peur au ventre parce qu'on craint que les coups ne pleuvent si on a le malheur de faire craquer le parquet en marchant ? Non ! Tu n'en as aucune idée ! Tes parents t'ont toujours adorée et ta famille semble tout droit sortie d'un de ces stupides feuilletons télé dégoulinants de bons sentiments.

Ashley sentit ses yeux la picoter et elle dut se mordre les lèvres jusqu'au sang pour retenir ses larmes.

— J'avais trois ans quand ma mère est morte. J'ai vécu treize ans tout seul avec un malade mental, continua-t-il d'une voix blanche, avant de pousser un profond soupir.

Ashley fut brutalement saisie par l'envie de le serrer dans ses bras et de couvrir son corps de tendres baisers, partout où son père l'avait frappé. Comment ce dernier avait-il pu se montrer si cruel avec Jake ? Qu'est-ce qui l'avait poussé à martyriser son propre fils ?

— Tu sais, j'ai toujours été terrifié à l'idée de lui ressembler…

Il marqua une pause pendant laquelle Ashley resta suspendue à ses lèvres.

— Après la mort de ma mère, il s'est rapidement trouvé une nouvelle épouse, reprit-il. Mais dès qu'elle a découvert sa vraie nature, elle a pris ses jambes à son cou, et la suivante a fait de même : le lendemain de la cérémonie, elle avait disparu. Alors, j'ai décidé très jeune que je ne me marierais jamais, au cas où je finirais, malgré mes efforts, par devenir comme lui et à tout détruire autour de moi…

— Il t'a maltraité, n'est-ce pas ? demanda-t-elle d'une voix à peine audible.

Jake se tourna de nouveau vers la fenêtre.

— Pas sexuellement, si c'est ce que tu veux dire, répondit-il après un silence interminable.

Ashley poussa un soupir de soulagement.

— Mais pour le reste, il a tout fait, ajouta-t-il.

— Oh, Jake…, murmura-t-elle la gorge nouée.

— Tu es la première personne à qui j'en parle, dit-il en se retournant.

— V… vraiment ?

Il la regarda d'un air triste.

— J'ai souvent eu envie de tout te raconter, mais je n'en ai jamais trouvé le courage. J'avais trop peur que tu t'imagines que je deviendrais comme lui et que tu t'enfuies en courant.

— Tu n'es pas comme lui, Jake. Et tu ne le seras jamais…

Il détourna soudain la tête.

— Je dois partir quelques jours, lui annonça-t-il d'une voix sans timbre. Il faut que je m'organise pour mon travail. Je ne serai pas de retour avant la fin de la semaine.

— Il n'y a pas de problème, dit-elle doucement. Je peux continuer l'estimation seule. Quand tu reviendras, je serai en mesure de te donner une indication plus précise de la valeur de tes biens.

— Peu importe ce qu'ils valent, Ashley. Je veux juste que tu m'en débarrasses, soupira-t-il en évitant soigneusement de croiser son regard, comme s'il craignait qu'elle ne puisse lire dans ses yeux la douleur qui s'y reflétait encore.

7.

— Je ne veux pas aller à la crèche ! ne cessait de gémir Lachlan, mettant les nerfs d'Ashley à rude épreuve.

Elle supportait d'autant moins les caprices de son fils qu'elle n'avait pas passé une seule nuit correcte depuis le départ de Jake. Ses révélations cauchemardesques la hantaient et, comme chaque matin, elle appréhendait de retrouver le silence pesant de la sinistre demeure de son père. De plus, même si elle avait conscience de ne pas être loyale envers Howard, il ne servait à rien de se cacher la vérité : Jake lui manquait terriblement. Elle avait envie de l'avoir auprès d'elle, de l'entendre et de le voir s'affairer dans la maison ou le jardin. Malheureusement, il ne serait pas de retour avant lundi.

— Allons, comporte-toi comme un grand garçon ! insista-t-elle en fourrant dans le sac à dos de son fils le repas de midi qu'elle avait préparé pour lui.

Le petit menton de Lachlan tremblota et ses yeux s'embuèrent de larmes.

— Mais ze veux venir avec toi ! protesta-t-il en zézayant, comme souvent quand il était stressé.

Ashley s'accroupit en face de lui, le cœur serré.

— Quelqu'un t'embête à la crèche ? demanda-t-elle en maintenant ses petites épaules entre ses mains pour l'obliger à la regarder droit dans les yeux.

Il secoua la tête et fit une moue boudeuse.

— Alors, pourquoi ne veux-tu pas aller là-bas ?

— Parce que ze veux rester avec toi, répondit-il en se dandinant d'un pied sur l'autre.

Ashley poussa un soupir.

— Mais mon chéri, tu sais bien que je dois partir travailler. J'ai besoin de gagner de l'argent. Pour l'instant, on habite chez papy et mamie, mais dès que j'aurai épousé Howard…

Elle eut soudain mauvaise conscience en prononçant le nom de son futur mari et s'interrompit brutalement.

— Je pourrai avoir un toutou quand on ira habiter chez oncle Howard ? l'implora Lachlan.

Son fils avait envie d'un chien depuis très longtemps, mais elle avait été contrainte de refuser à cause de l'allergie de sa mère. Cela dit, elle doutait fort que les choses changent après son emménagement dans la maison de famille des Caule. Ashley imaginait très bien l'expression horrifiée de Marguerite à la première trace de pattes boueuse sur le tapis crème du salon ou sur un des canapés en lin.

— On verra, mon chéri, répondit-elle en se relevant.

— Quand tu dis ça, c'est toujours non, observa Lachlan, avec une finesse de jugement sans doute héritée de son père.

Ashley referma le sac à dos et prit son fils par la main.

— Allez, on y va. Je suis déjà en retard.

— Non ! dit-il en dégageant sa main.

— Lachlan, arrête tout de suite ta comédie ! lui ordonna-t-elle d'un ton sec. Je dois me rendre dans cette vieille maison dont je t'ai parlé.

— Emmène-moi avec toi ! la supplia-t-il. Ze serai zentil ! Ze toucherai à rien !

Ashley poussa un soupir de frustration. Comme par hasard, elle était seule à la maison ce matin. Sa mère était partie à un petit déjeuner de charité, son père chez le médecin, pour un bilan cardiaque, et Mia s'était rendue à une audition. Quant à Ellie, elle n'était pas encore revenue du parc où elle avait passé la nuit avec d'autres défenseurs de la cause animale, afin d'attirer l'attention des médias sur le sort des chats et chiens abandonnés.

— D'accord, pour cette fois, dit-elle d'un ton résigné. Mais je te préviens, si tu casses quoi que ce soit, tu seras privé de télévision pendant une semaine.

— Merci, maman ! s'écria son fils en passant ses petits bras autour de sa taille, avant de se blottir contre ses jambes.

Après s'être doucement dégagée de son étreinte, Ashley alla chercher un papier et un stylo, et écrivit un petit mot à l'intention de sa mère, qui allait habituellement chercher Lachlan à la crèche le vendredi après-midi.

— Je t'aime, maman, lui dit-il, tandis qu'elle fixait le message à l'aide d'un aimant sur la porte du réfrigérateur.

— Moi aussi, mon chaton, mais tu es trop grand pour faire des caprices.

— Qu'est-ce que c'est des caprices ?

— Je t'expliquerai dans la voiture, répondit-elle en le prenant par la main. Allez ! En route !

Ashley était à la fois étonnée et fière de la manière dont Lachlan se comportait depuis leur arrivée dans la maison de Jake. Pendant qu'elle travaillait dans la bibliothèque, il jouait gentiment à côté d'elle, s'amusant à aligner ses modèles réduits de voitures sur les carrés du tapis persan et à les faire rouler sur le sol.

Elle était d'autant plus heureuse de voir son petit visage rayonner de joie qu'elle l'avait trouvé perturbé ces dernières semaines. Habituellement plutôt aventureux, il ne supportait plus de s'éloigner d'elle, et même si elle avait toujours fait son possible pour conjuguer harmonieusement travail et vie de famille, elle ne pouvait s'empêcher de se sentir coupable du mal-être de son fils. Elle avait espéré que ses fiançailles avec Howard apporteraient à

Lachlan la stabilité dont il manquait, mais son enfant était bien trop intimidé par Marguerite pour se sentir à son aise dans la maison des Caule.

— S'il te plaît, maman, je peux aller jouer dans le jardin ?

Ashley s'accorda un moment de réflexion. Le jardin était clos, alors que risquait-elle à laisser son fils tout seul dehors ? Et puis, il faisait un temps magnifique, Lachlan devait avoir besoin de prendre l'air après son séjour dans la vieille bibliothèque poussiéreuse.

— Oui… à condition que tu me promettes de rester derrière la maison. Comme ça, je pourrai veiller sur toi tout en travaillant.

— Je te le jure, affirma-t-il d'un ton solennel.

Ashley ne put s'empêcher de sourire.

— C'est vraiment agréable d'avoir un gentil garçon pour me tenir compagnie dans cette grande maison, lui dit-elle en ébouriffant tendrement ses cheveux.

— Qui habite ici, maman ? l'interrogea Lachlan en rangeant ses voitures miniatures dans la boîte en plastique qui leur servait de garage.

— Personne, pour l'instant. Le monsieur qui y vivait est… parti.

— Il est mort ?

— Il était très âgé, précisa-t-elle.

Ashley prit soudain conscience que Lachlan avait perdu un membre de sa famille, son grand-père paternel, et elle songea qu'il était profondément injuste de devoir lui cacher l'identité de l'homme qui avait vécu ici.

— Il habitait tout seul ? demanda-t-il en balayant de ses grands yeux étonnés la vaste pièce.

— Autrefois, son fils vivait avec lui.

— Sans sa maman ?

— Oui… Il l'a perdue quand il était petit.

En voyant le regard désespéré de son fils, Ashley comprit qu'elle avait trop parlé et s'en voulut aussitôt :

Lachlan avait grandi sans père, et elle savait bien qu'il était terrifié à l'idée qu'elle disparaisse à son tour.

— Allez, mon chaton ! dit-elle en déposant un tendre baiser au bout de son nez. Je t'accompagne jusqu'au perron. Tout à l'heure, je viendrai t'apporter un verre de lait et un fruit, comme ils le font à la crèche.

Un petit sourire éclaira son visage inquiet.

— Merci, maman.

Ashley le conduisit jusqu'à l'escalier du perron et le regarda descendre les marches, sa boîte en plastique sous le bras.

Après s'être assis au pied de l'orme, Lachlan gara avec soin ses petites voitures sur un coin de pelouse où l'herbe était rase, avant d'en choisir une qu'il fit rouler sur une des racines de l'arbre. Deux corneilles passèrent au-dessus de sa tête, une légère brise agita les feuilles du vieil orme, et Ashley songea avec bonheur que son petit garçon paraissait heureux de jouer dehors, avec le chant des oiseaux pour lui tenir compagnie.

— Je reviens te voir dans cinq minutes ! lui lança-t-elle avant de retourner à l'intérieur.

Mais il ne sembla pas l'entendre.

Encore éblouie par l'éclat du soleil, Ashley eut besoin d'un moment pour se réhabituer à la semi-pénombre de la bibliothèque. Après avoir photographié les serre-livres de bois exotiques incrustés d'ivoire, elle prit quelques notes, laissant dériver ses pensées tout en mâchonnant le bout de son stylo.

Où Jake était-il ? Et surtout, avec qui ? se demanda-t-elle avec un soupir angoissé. Peut-être prenait-il du bon temps avec une superbe blonde ? A moins que ce ne soit avec une rousse ou une brune piquante dotées du genre d'appas qui fait tourner la tête des hommes… Au fil des ans, elle s'était efforcée de ne pas l'imaginer dans les bras d'autres femmes, et y avait jusqu'alors à peu près réussi. Mais aujourd'hui, les choses étaient différentes…

— Tu as l'air bien pensive, Ashley.

Stupéfaite, elle pivota à toute vitesse sur ses talons. Jake se tenait dans l'encadrement de la porte.

— Qu'est-ce… que fais-tu ici ? bredouilla-t-elle en laissant échapper son stylo.

Après s'être approché d'elle, il se baissa pour le ramasser et le lui tendit d'un air amusé.

— J'ai terminé plus vite que prévu, alors j'ai eu envie de te faire une petite surprise.

Terrifiée à l'idée que Jake aperçoive Lachlan par la fenêtre, Ashley sentit son estomac se soulever. Elle se força néanmoins à rester impassible.

— C'est réussi. Je ne t'ai pas entendu arriver, dit-elle d'un ton faussement détaché.

Jake prit un marque-page de bois sur le bureau, et tandis qu'il s'amusait à le faire tourner entre ses doigts, Ashley en profita pour se déplacer discrètement vers la fenêtre. Son cœur s'emballa lorsqu'elle vit que son fils ne se trouvait plus au pied de l'orme. Après s'être assurée que Jake ne la regardait pas, elle jeta un autre coup d'œil dehors. Elle éprouva un immense soulagement en apercevant de nouveau Lachlan sous les frondaisons de l'arbre, et elle se retourna aussitôt.

Jake était en train de la contempler.

— Comment s'est passé ce voyage d'affaires ? demanda-t-elle, hypnotisée par son regard.

— Sans incident particulier, répondit-il, les yeux rivés aux siens. Et toi, tu vas bien ?

— Moi ? s'exclama-t-elle d'une voix suraiguë, avant de s'éclaircir la gorge. Oui… J'ai fait un peu de gym, comme d'habitude… Je suis plutôt en forme et j'ai…

Elle s'arrêta brutalement, songeant que l'heure n'était plus aux mensonges. Si elle ne sortait pas voir Lachlan d'ici quelques minutes, il ne manquerait pas de la rejoindre dans la bibliothèque. Mieux valait dès à présent avouer à Jake toute la vérité…

— Je… je voudrais te dire quelque chose, se lança-t-elle, prenant son courage à deux mains. J'aurais dû t'en parler avant… mais je n'arrivais pas à trouver le bon moment…

— Maman ! l'appela soudain son fils.

Ashley eut le souffle coupé en voyant entrer celui-ci à toute vitesse dans la pièce et finir sa course dans les jambes de Jake, qui l'immobilisa aussitôt. Lachlan leva vers lui de grands yeux étonnés, et Ashley eut l'impression que son cœur cessait de battre.

— C'est toi, le garçon qui habitait ici ? demanda Lachlan avec le plus grand naturel.

Abasourdi, Jake regardait fixement le bambin qui se tenait devant lui.

— Oui… c'est moi, répondit-il quand il eut enfin repris ses esprits, espérant que sa voix ne trahirait pas sa stupéfaction.

Ainsi donc, Ashley avait eu un fils ! Jake ignorait pourquoi il était à ce point déçu et bouleversé. Après tout, elle avait toujours rêvé d'avoir un enfant, et il n'était guère étonnant que Howard lui ait fait ce cadeau…

Si toutefois il s'agissait bien du fils de Howard, car la ressemblance avec son fiancé n'était pas vraiment frappante…

Jake songea un instant que l'enfant tenait davantage de lui, avant de chasser cette pensée extravagante de son esprit. Il avait toujours veillé à ce qu'Ashley prenne la pilule, allant jusqu'à exiger qu'elle le fasse devant lui. Il voulait être absolument certain qu'elle ne tomberait pas enceinte, que jamais un petit être innocent ne souffrirait à cause de lui. C'était bien connu, les enfants maltraités se transforment souvent en parents bourreaux. Combien de temps se serait-il écoulé avant qu'une petite tape réprobatrice ne se transforme en coup de poing et qu'il ne fasse couler à son tour le sang de son enfant ?

Cependant, un simple regard échangé avec le fils d'Ashley avait suffi à semer le doute dans son esprit… Et s'il avait réussi malgré tout à devenir un père aimant et attentif ? Pourquoi avait-il laissé le passé prendre les commandes de sa vie ?

Quand Ashley l'avait accusé de lui avoir été infidèle, après avoir lu par mégarde un des messages de sa boîte électronique dans lequel il était question d'un week-end à Paris avec Sigrid, il n'avait même pas cherché à se défendre. Plutôt que de lui expliquer la vraie raison de son rendez-vous avec cette femme, il avait choisi de garder le silence, détruisant ainsi son unique chance de bonheur…

— J'allais t'en parler, Jake…

Il jeta un autre coup d'œil à l'enfant, dont le regard étincelant était toujours rivé sur lui. Comme s'il venait de trouver quelque chose qu'il avait longtemps cherché, ne put-il s'empêcher de penser.

— Ça ne me regarde pas, répliqua-t-il d'un ton peu amène, regrettant aussitôt de ne pas avoir eu l'air plus détaché. En tout cas, je vois que tu n'as guère attendu avant de me remplacer…

Ashley s'était attendue à une tout autre réaction de la part de Jake, et elle fut partagée entre le soulagement et l'irritation quand elle comprit qu'il n'avait pas conscience d'être le père de Lachlan.

— Je ne crois pas que le moment soit très bien choisi pour en discuter, répondit-elle en désignant son fils du regard.

— C'est vrai, reconnut-il.

Un silence tendu s'installa.

Ashley cherchait désespérément quelque chose à dire, maudissant en silence sa famille de l'avoir mise dans cette terrible situation. Si seulement l'un d'entre eux avait été libre aujourd'hui pour garder son fils, elle n'aurait pas eu à affronter le regard plein d'incompréhension et de ressentiment de Jake.

Mais au fond d'elle-même, Ashley savait qu'elle était la seule à blâmer. Elle aurait dû lui dire la vérité quatre ans plus tôt, et lui laisser la liberté de s'investir ou non dans sa relation avec son fils. Elle avait cru se montrer forte en le quittant, mais avec du recul, elle avait juste été lâche…

Elle se tourna vers Lachlan, s'efforçant de se composer un visage serein.

— Mon petit chou, que dirais-tu de retourner jouer dans le jardin ? Je te rejoins dans quelques minutes.

Un silence pesant suivi le départ du petit garçon.

— Ton fils ne ressemble pas beaucoup à Howard.

— Sans doute parce qu'il n'est pas de lui.

Jake eut un sourire sarcastique.

— Je suis surpris. Je ne pensais pas que tu étais ce genre de femme.

— J'ai eu un très bon professeur, rétorqua-t-elle, prenant un certain plaisir à voir le sourire de Jake se transformer en grimace.

— Quel âge a-t-il ?

— Comme tu l'as dit tout à l'heure, ça ne te regarde pas.

— Peut-être, mais j'aimerais savoir.

— Pourquoi ?

Il s'écoula un temps infini avant qu'il ne lui réponde.

— Parce que j'ai besoin d'être absolument certain qu'il n'est pas de moi, répondit-il. Tu me l'aurais dit sinon, n'est-ce pas ?

Ashley eut l'impression de ne plus pouvoir respirer, et elle eut le plus grand mal à soutenir son regard pénétrant.

— Tu n'as qu'à faire un test de paternité, riposta-t-elle, tout en ayant conscience de prendre un risque énorme.

Jake la regarda longuement.

— Es-tu certaine de l'identité du père ?

— Je n'ai aucun doute là-dessus, répliqua-t-elle d'un ton détaché.

Il alla se poster devant la fenêtre, dos à elle.

— Je t'avais prévenue dès le premier jour que je ne te donnerais pas d'enfants. Je ne pouvais pas courir ce risque, reprit-il d'une voix légèrement saccadée. Mon père…

Il prit une profonde inspiration avant de se retourner.

— Mon père, reprit-il d'un ton grave, était atteint d'une affection génétique très rare et incurable.

— Je suis désolée…, répondit-elle en baissant les yeux, incapable de supporter la douleur qu'elle lisait sur le visage de Jake.

— A cause de sa maladie, il pouvait perdre à n'importe quel moment le contrôle de lui-même. J'aurais préféré mourir que de faire endurer à quelqu'un d'autre ce que j'ai vécu…

— Mais tu as peut-être été épargné, suggéra-t-elle d'un ton plein d'espoir.

— Et quand bien même ? rétorqua-t-il avec amertume. Rien ne me garantit que mon enfant serait aussi chanceux.

Ashley sentit une boule lui nouer la gorge. Seigneur ! Dire qu'elle avait failli lui avouer que Lachlan était son fils ! Cette nouvelle l'aurait à coup sûr anéanti…

Jake se passa la main dans les cheveux, le regard vide. Puis il se tourna de nouveau vers la fenêtre.

— Tu ne sais pas à quel point je t'envie, Ashley, dit-il après un long silence. Tu as grandi dans une famille merveilleuse, tes sœurs et toi avez été choyées par des parents aimants ; à ma connaissance, rien n'est jamais venu ternir ce tableau idyllique.

Il fit soudain volte-face.

— Je suis désolé de t'avoir refusé ce que tu voulais le plus au monde, poursuivit-il, l'air sombre. J'ai souvent eu envie d'avoir un bébé avec toi, très envie même, et je peux t'assurer que tu es la seule à m'avoir inspiré ce désir…

— Merci…, parvint-elle à articuler à mi-voix.

Il y eut un long silence.

— Tu ne me demandes pas combien de femmes j'ai connues depuis notre rupture ? l'interrogea soudain Jake.

— Ça ne m'intéresse pas.

— Et toi, tu as eu beaucoup d'amants ?

— Comme je te l'ai déjà dit, ça ne te regarde pas.

Jake frotta son menton mal rasé, et elle fut soudain saisie par le besoin impérieux de caresser son beau visage ténébreux.

— Il y en a eu au moins deux. Le père de ton fils, et bien sûr, ce cher Howard, dit-il en promenant sur elle un regard scrutateur.

Mal à l'aise, elle détourna la tête, ne voulant surtout pas qu'il s'aperçoive du désir qu'il avait éveillé en elle, et qui la gagnait maintenant tout entière.

— Dis-moi, Ashley, poursuivit-il d'une voix veloutée et infiniment sensuelle. Ton fiancé te donne-t-il autant de plaisir que moi ?

Elle le regarda, muette d'étonnement, tandis qu'un flot de sang envahissait son visage.

— Comment oses-tu demander une telle chose ? s'écria-t-elle d'un ton indigné.

Un sourire se dessina sur le visage de Jake.

— Tu trouves ma question blessante ?

Ashley le foudroya du regard.

— Comme tout ce qui vient de toi ! Tu as l'air de penser que me faire cadeau de tes biens te donne le droit de me traiter comme une moins que rien. Mais je ne t'autorise pas à me parler de cette manière !

— Ma question n'était pas insultante, Ashley. Il y avait entre nous une alchimie fantastique. Je me demandais simplement si tu l'avais retrouvée avec Howard…

Elle croisa les bras d'un air de défi.

— Contrairement à toi, il me traite avec respect, répondit-elle d'un ton un peu pincé.

— Tu veux dire qu'il ne t'a pas encore prise sauvagement contre l'évier de la cuisine ? demanda-t-il, une lueur sarcastique dans ses beaux yeux noirs. Ni sur le tapis du salon, tous rideaux ouverts ? Ni même… ?

— Arrête, arrête ! s'écria-t-elle, furieuse et choquée, et elle se boucha les oreilles pour ne plus rien entendre.

Soudain, Jake lui empoigna les bras et l'attira brutalement à lui, pressant sa bouche contre la sienne, étouffant ses protestations, qui se transformèrent bientôt en gémissements de plaisir. Sa langue se fraya un chemin entre ses lèvres, faisant surgir en elle une onde de plaisir d'une intensité inouïe. Lorsqu'elle se propagea à travers ses veines, déchaînant une tempête dans son corps affamé par une trop longue frustration, Ashley sentit ses jambes chanceler.

Tandis qu'ils s'embrassaient et s'embrassaient encore avec une passion inextinguible, elle perçut vaguement des bruits de pas dans le couloir, mais elle ne mit pas tout de suite fin à leurs baisers, voulant profiter une dernière fois de l'ivresse que lui procurait son étreinte enflammée.

Quand elle parvint finalement à s'arracher à ses lèvres, il était déjà trop tard.

8.

— Ashley ! Je voulais simplement te dire…, lança Ellie en entrant dans la bibliothèque, avant de s'interrompre brutalement en voyant sa sœur dans les bras de Jake.

Ashley repoussa Jake.

— Maman ne pouvait pas venir chercher Lachlan, reprit Ellie, les yeux écarquillés, alors j'ai… j'ai décidé de venir le chercher moi-même. J'ai frappé mais… vous n'avez pas répondu…

Jake se dirigea vers elle.

— Salut, Ellie ! s'exclama-t-il avant de déposer un rapide baiser sur la joue de la jeune femme. Mais dis-moi, tu es devenue… une grande fille !

Ashley songea qu'il était bien en dessous de la vérité. Ellie était dotée d'une silhouette de rêve et d'atouts ravageurs, dont elle ne semblait pourtant pas avoir conscience.

— Bonjour, Jake ! Tu n'es pas mal non plus, tu sais. Dis donc, c'est un vrai musée ici, ajouta-t-elle en balayant la pièce du regard. Je ne savais pas que tu étais amateur d'antiquités.

— En fait, ce sont les biens de mon père. J'ai demandé à ta sœur de m'aider à en faire l'inventaire, ajouta-t-il en se tournant vers Ashley, une lueur ironique dans les yeux.

— Je suis certaine qu'elle saura prendre les choses en main et te donner entière satisfaction, pas vrai, Ashley ? dit Ellie en la regardant avec un sourire effronté.

Ashley eut envie de disparaître cent pieds sous terre

et foudroya sa sœur du regard. Au même moment, elle entendit Lachlan trotter dans le couloir.

— Tante Ellie ! s'écria-t-il.

— Salut, champion ! lança cette dernière, avant de déposer un baiser au bout de son nez. Comment as-tu fait pour éviter d'aller à la crèche, petit monstre ?

— J'ai demandé à maman si elle pouvait me garder. Je voulais être avec elle, répondit-il en rougissant, les yeux baissés.

Ellie se redressa et s'adressa à sa sœur.

— Maman a retrouvé par hasard une de ses anciennes camarades d'école. J'ai pensé qu'elles auraient envie de passer du temps ensemble, alors je lui ai proposé d'aller chercher Lachlan. Comme j'ai pris le bus, il va nous falloir un peu de temps pour rentrer, mais ce n'est pas grave… J'avais tellement hâte de savoir ce que Jake pensait de son fils !

Ashley eut l'impression que le monde s'écroulait autour d'elle, et elle sentit son sang se glacer dans ses veines. Dans le silence de la bibliothèque, les battements assourdissants de son cœur lui crevaient les tympans.

— *Mon fils ?* s'écria Jake d'une voix tendue à l'extrême.

Ashley trouva la force de le regarder. Son visage était livide.

— Je… je pensais que tu étais au courant, balbutia Ellie d'un air épouvanté.

Elle adressa un regard suppliant à Ashley, avant de se tourner de nouveau vers Jake.

— Comme Lachlan était chez toi… je… je m'étais imaginé que… qu'Ashley avait eu le temps de t'en parler, dit-elle en les regardant tour à tour d'un air affolé.

— Maman, appela soudain Lachlan, je peux montrer à tante Ellie le petit garage que j'ai construit dans le jardin pour mes voitures ?

Ashley s'efforça de rassembler ses esprits.

— Bien sûr, mon bébé ! lui répondit-elle, soulagée de cette diversion.

— J'ai aussi fait une route et une piste de course ! Tu veux les voir ? demanda-t-il en prenant Ellie par la main.

— Avec plaisir ! Je te suis ! s'exclama cette dernière.

Au moment de franchir le seuil de la porte, elle se retourna et jeta un dernier regard implorant à Ashley.

Dès qu'ils eurent quitté la pièce, le temps lui-même parut se figer.

— Lachlan est mon fils ! hurla enfin Jake, rompant le silence insoutenable.

Ses yeux lançaient des éclairs. Incapable de soutenir son regard plein de fureur, Ashley baissa la tête.

— Mon fils ! cria-t-il encore. Tu n'es qu'une minable petite menteuse ! Comment as-tu pu me faire ça ?

Jake fit quelques pas en arrière, comme s'il avait peur de ne pas pouvoir se retenir de la frapper.

— Je n'arrive pas à le croire ! continua-t-il en dardant son regard furieux sur elle. Tu savais exactement ce que tu voulais, et tu t'es servie de moi pour l'obtenir !

— Ce n'est pas vrai, trouva-t-elle la force d'articuler.

Elle vit le visage de Jake se contracter.

— Bon sang ! Tu me prends vraiment pour un idiot ! s'écria-t-il. Tu oses affirmer que tu n'as pas fait exprès de te retrouver enceinte, alors que tu étais censée prendre la pilule ?

— Pendant que tu étais à New York, j'ai eu mal au ventre… je n'imaginais pas… enfin… je pensais que ça ne changerait rien…

— Pourquoi ne m'en as-tu pas parlé ? Quelle va être ton excuse, cette fois ? Vas-y, je t'écoute !

Une vague de colère monta soudain en elle.

— Je n'avais pas envie que tu m'obliges à avorter, voilà tout ! s'emporta-t-elle. Tu m'avais répété que tu ne voulais pas d'enfant. Comment étais-je supposée réagir ? J'avais à peine vingt ans et j'habitais loin de ma famille, avec un homme qui se fichait éperdument de mes sentiments et des valeurs auxquelles je croyais. J'ai eu peur que tu fasses pression sur moi pour que je me débarrasse du bébé, avant même que j'aie le temps de réfléchir. Je voulais envisager une autre solution…

— Quelle autre solution ? demanda-t-il après un silence tendu.

Elle croisa un instant son regard.

— J'ai pensé à l'adoption, mais je savais que je passerais le reste de ma vie à me demander ce que mon enfant était devenu et s'il était heureux avec ses parents. Ellie a souffert toute sa vie de ne pas savoir qui l'avait mise au monde et pourquoi elle avait été abandonnée. Je ne voulais pas que mon enfant connaisse les mêmes tourments. Alors j'ai laissé tomber cette idée ; et comme je n'arrivais pas à me résoudre à avorter, j'ai décidé de garder le bébé et de l'élever seule. Je me doutais que ce ne serait pas facile, mais ma famille m'a beaucoup aidée, et je n'ai jamais regretté ma décision. J'adore mon fils et je ne pourrais plus imaginer ma vie sans lui…

Jake détourna la tête pour qu'Ashley ne voie pas à quel point il était bouleversé. Ainsi donc, son pire cauchemar était devenu réalité. Il avait un fils ! Un fils qui avait hérité des gènes de son grand-père ! En proie à une angoisse terrible, il sentit son estomac se contracter.

— Je veux faire un test de paternité ! Si tu refuses, je te traînerai en justice.

Ashley se sentit soudain assaillie par une immense tristesse.

— Si c'est ce que tu veux, je ne t'en empêcherai pas, répondit-elle, la voix brisée.

— J'exige que ce soit fait dans les plus brefs délais, poursuivit-il d'un ton coupant, se haïssant aussitôt pour l'insistance dont il faisait preuve. Je veux savoir à quoi m'en tenir.

— Je peux t'assurer que je n'attends rien de toi, Jake. Je n'ai pas l'intention de te demander de l'argent, ni rien d'autre d'ailleurs.

— Tu comptais m'en parler un jour ?

Ashley baissa les yeux et garda le silence.

— Réponds-moi, à la fin ! lui ordonna-t-il. Tu avais l'intention de me le dire, oui ou non ?

Elle leva la tête vers lui, les yeux embués de larmes.

— J'ai voulu t'en parler au bar de l'hôtel..., répondit-elle d'une voix entrecoupée de sanglots.

Jake se mit à arpenter la pièce en long et en large, essayant de se rappeler leur conversation ce soir-là. Pour autant qu'il s'en souvenait, elle n'avait fait aucune allusion à son enfant...

— Je t'en prie, tu dois me croire, le supplia-t-elle. Par la suite, j'ai très souvent eu envie de t'avouer la vérité, mais tu semblais tellement fermé et inaccessible que je n'ai pas réussi. Quand tu as finalement accepté de te confier à moi et que tu m'as raconté que tu avais toujours vécu dans la terreur d'avoir un enfant, à cause de ce que ton père t'avait fait subir, j'ai compris que tu ne supporterais pas d'apprendre que nous avions eu un fils ensemble...

Jake se planta devant elle et la dévisagea.

— As-tu une idée de ce que je ressens ?

Ashley s'efforça de soutenir son regard, le cœur déchiré par une immense douleur.

— Je sais que je n'aurais pas dû te cacher la vérité, mais je pensais que c'était mieux pour notre bébé. Je ne voulais pas que tu le rejettes et qu'il souffre...

Soudain, Jake frappa le bureau du plat de la main, et elle sursauta violemment.

— Tu ne comprends donc pas que si les choses avaient été différentes, j'aurais été heureux d'avoir un enfant avec toi ? lui demanda-t-il d'une voix brisée. Mais je n'en avais pas le droit. Pas avec les gènes de mon père !

Ashley étouffa un sanglot.

— Toute ma vie, j'ai cherché à éviter de me retrouver dans cette situation, poursuivit-il. J'ai même demandé à subir une vasectomie, mais aucun chirurgien n'a accepté de m'opérer parce que j'étais trop jeune et qu'ils ne voulaient pas me priver de la possibilité de changer un jour d'avis.

— Je suis désolée…

Jake la regarda fixement.

— Ton fiancé est-il au courant que je suis le père de l'enfant ?

— L'enfant en question a un prénom. Il s'appelle Lachlan.

— Toutes mes excuses, Ashley, mais il se trouve que je viens tout juste d'être informé de son existence, répliqua-t-il d'un ton sarcastique. Alors tu ne m'en voudras pas si je n'ai pas encore retenu son prénom. Je ne connais même pas sa date de naissance.

— Lachlan est né la veille de Noël, répondit-elle.

Ashley le vit faire un rapide calcul et se prépara mentalement à ce qui allait suivre.

— Tu étais enceinte de presque quatre mois quand tu m'as quitté ? l'interrogea-t-il d'un air incrédule.

— Tu étais sans doute trop occupé par tes rendez-vous d'affaires à l'étranger pour remarquer quoi que ce soit, répliqua-t-elle sans se démonter. Tu te rappelles ce week-end que tu as passé à Paris avec… Sigrid… c'était bien son nom ?

— Je ne t'ai jamais été infidèle, se contenta-t-il de répondre.

— N'oublie pas que je suis tombée sur un de ses messages ! Elle te disait à quel point elle avait été heureuse de faire ta connaissance et combien elle espérait que votre « relation » dure longtemps.

Jake détourna la tête et serra les poings.

— Cette femme ne représente rien pour moi, s'exclama-t-il d'un ton mordant. Absolument rien !

— C'est bien là le problème, Jake. Personne n'a d'importance à tes yeux. Dès le départ, j'aurais dû me méfier de toi.

— Je ne t'ai pas trompée avec Sigrid Flannigan, répéta-t-il en la regardant droit dans les yeux. Tu n'es pas obligée de me croire, mais laisse-moi au moins te donner ma version des faits.

— Que pourrais-tu avoir à me dire ? rétorqua-t-elle d'un ton cinglant. Tu ne m'as fourni aucune explication à l'époque !

— Je le sais bien, soupira-t-il. Mais s'il te plaît, écoute-moi… Sigrid est une cousine éloignée. Elle m'a contacté parce qu'elle faisait des recherches généalogiques sur notre famille. Comme tu peux l'imaginer, je n'étais pas intéressé, mais elle a insisté et j'ai fini par me laisser convaincre de la rencontrer. Nous nous sommes donné rendez-vous à Paris, parce qu'elle se trouvait là-bas et que j'avais prévu de m'y rendre pour le travail…

— Continue.

— Sigrid m'a raconté qu'elle avait découvert que plusieurs ancêtres de mon père avaient été frappés par une maladie mentale très grave. Cette affection, apparemment d'origine génétique, les avait conduits à la folie, et même pour certains au meurtre. J'ai aussitôt pensé à mon père, et j'ai compris qu'avec mon vécu et mes gènes, j'étais presque sûr de devenir un jour un monstre. Jusqu'à aujourd'hui, je pouvais au moins me consoler en me disant que j'étais l'unique et dernier descendant de Harold Percival Chase Marriott, mais grâce à toi, les choses ont définitivement changé !

— Tu aurais dû me dire la vérité, lui reprocha-t-elle, décidant d'ignorer ses sarcasmes. Pourquoi m'avoir laissée croire au pire ?

— Parce que je n'étais pas prêt à en parler à qui que ce soit.

— Tu as préféré me briser le cœur en me laissant croire que tu avais une liaison avec une autre femme ?

Jake haussa les épaules.

— Tu t'es mis toute seule cette idée en tête. Je ne t'ai obligée à rien.

Ashley laissa échapper une exclamation indignée.

— Comment peux-tu dire ça ? Tu m'as délibérément induite en erreur en refusant de me fournir une explication !

— Mais pour l'amour du ciel, mets-toi une seconde à ma place ! J'en voulais au monde entier ! s'exclama-t-il d'un ton amer. Et puis, j'étais certain que tu ne comprendrais rien à ma douleur, toi qui n'arrêtais pas de me rebattre les oreilles de ta gentille famille. Je ne supportais plus de t'entendre évoquer ton enfance de rêve, alors que je n'avais connu que les brimades et les coups.

Ashley sentit son cœur se serrer et les larmes lui monter aux yeux. Comment Jake avait-il fait pour survivre à une enfance aussi terrible ? Comment avait-il pu supporter de telles souffrances ?

— Euh... je peux vous interrompre ? demanda soudain Ellie d'un ton hésitant, plutôt inhabituel chez elle.

Elle se tenait sur le seuil de la porte, Lachlan à son côté.

— Bien sûr ! répondit Jake, le visage impassible. De toute façon, j'allais partir. Tu as besoin que je vous reconduise en ville ?

— Non, merci, répondit-elle. J'ai promis à Lachlan qu'on reprendrait le bus.

— Tu n'as pas encore ton permis de conduire ?

— J'ai raté la conduite dix fois, l'informa Ellie avec un sourire penaud, mais je n'ai pas abandonné tout espoir...

— Et il reste des moniteurs à Sydney qui acceptent de te donner des leçons ? demanda-t-il d'un ton taquin.

Ellie fit mine d'être vexée.

— Ce n'est tout de même pas ma faute si aucun n'a été capable de m'apprendre à conduire correctement !

— Si tu veux, je pourrai te donner quelques cours, lui proposa-t-il.

Ellie lui adressa un grand sourire.

— D'accord ! s'exclama-t-elle avec enthousiasme. Mais tu ne pourras pas dire que je ne t'ai pas prévenu. Ashley, elle, a abandonné à la deuxième leçon.

Jake se tourna vers elle.

— C'était si terrible que ça ?

« Beaucoup moins que ce que je vis en ce moment », eut-elle envie de répliquer.

— Disons que je me suis avouée vaincue quand elle est rentrée dans un taxi. J'ai compris à ce moment-là qu'elle avait besoin de quelqu'un de plus expérimenté que moi.

— Pourtant, il me semble que tu n'es pas du genre à renoncer facilement. Je dirais même que tu es capable de faire preuve d'une sacrée volonté quand il s'agit d'arriver à tes fins, dit-il d'un ton accusateur.

Ellie toussota.

— Excusez-moi, mais il faut vraiment que Lachlan et moi partions si on ne veut pas rater le prochain bus.

— Tu es vraiment certaine de ne pas vouloir que je vous ramène ? lui demanda de nouveau Jake.

— Je veux prendre le bus, répondit Lachlan d'un ton déterminé, avant même qu'Ellie ait eu le temps d'ouvrir la bouche.

Jake dévisagea le petit garçon et songea qu'il était parfaitement inutile de procéder à un test de paternité : il avait la même forme de visage, les mêmes yeux noirs que lui. Même l'implantation de ses cheveux était semblable à la sienne. Comment avait-il pu ne pas s'en apercevoir à la première seconde ? Seul le choc qu'il avait éprouvé en découvrant qu'Ashley avait un enfant pouvait l'expliquer…

— Inutile de te dépêcher de rentrer à la maison, Ashley.

Jake et toi devez avoir beaucoup de choses à vous dire, et je peux m'occuper de Lachlan ce soir.

— Ce ne sera pas nécess…

— C'est très gentil de ta part, Ellie, l'interrompit Jake. Ta sœur et moi devons en effet discuter.

— Allons-y, Lachlan. Ton papa et ta maman ont besoin d'être seuls ! s'exclama-t-elle en se dirigeant vers la porte.

Lachlan s'arrêta net.

— Mon papa ? dit-il d'un air interloqué.

Ashley jeta à sa sœur un regard incendiaire.

— C'est mon papa ? demanda-t-il dans un souffle, en regardant Jake à la dérobée.

— Oui… Jake est ton père, répondit Ashley d'une voix nouée par l'angoisse.

— Mais t'avais dit qu'il voulait pas me voir ! s'exclama Lachlan en fronçant les sourcils.

— Je le sais… mais c'était avant… Maintenant, il…

Submergée par l'émotion, Ashley ne parvint pas à terminer sa phrase.

— Je suis très heureux de faire ta connaissance, Lachlan, dit Jake en lui tendant la main.

Son fils lâcha la main d'Ellie et toucha brièvement celle de Jake, le contemplant avec des yeux écarquillés.

— Tu vas venir habiter avec maman et moi ?

— Non ! lança Ashley avant même que Jake ait eu le temps d'ouvrir la bouche. Tu te souviens de ce que je t'ai dit ? Dès que tu entreras à la maternelle, nous irons habiter avec Howard et Mme Caule.

Son fils fit une moue boudeuse.

— Mais ze n'aime pas Mme Caule, gémit-il. Elle est méchante !

— Lachlan ! dit-elle d'une voix sévère. Elle va devenir ta grand-mère, alors je t'interdis d'en parler de cette manière !

— Allez ! Il est temps de partir, mon grand, observa Ellie en poussant le petit vers la porte.

Ashley prit une profonde inspiration en les voyant partir.

— Tu ne peux pas épouser Howard Caule, déclara Jake sitôt la porte refermée.

Elle leva le visage vers le sien.

— Pardon ? s'écria-t-elle, indignée.

Il soutint sans faiblir son regard.

— Je te l'interdis.

Elle se leva d'un bond.

— Quoi ? Mais pour qui tu te prends ? lança-t-elle en le fusillant du regard.

Jake ne baissa pas les yeux.

— Tu ne peux pas épouser Howard Caule parce que nous allons nous marier, répondit-il sans ciller. Je ne te laisse pas le choix.

9.

Ashley le regarda fixement, le souffle coupé.

— Je te demande de m'épouser, répéta Jake.

— Tu appelles ça demander ? répondit-elle, indignée. Tu as un sacré culot !

— Tu me sembles mal placée pour donner des leçons de morale ! répliqua-t-il d'un ton mordant. Tu m'as tout de même caché pendant des années que j'avais un enfant ! Cette fois, mon tour est venu : soit tu acceptes de m'épouser, soit tu assumes les conséquences de ton refus.

« Quelles conséquences ? » se demanda-t-elle un instant, l'estomac noué par l'angoisse, avant que la réponse ne lui apparaisse clairement. Jake était un homme riche, très riche même, et il pouvait se permettre d'engager les meilleurs avocats. Que se passerait-il s'il décidait de la poursuivre en justice ? Comment réagirait-elle s'il obtenait un droit de garde, ou pire encore, si Lachlan lui était confié ?

— Ce mariage est voué à l'échec ! s'exclama-t-elle, s'efforçant de dissimuler sa panique grandissante.

— Seul l'avenir nous le dira… Ce qui est certain, en tout cas, c'est que Lachlan a besoin d'un cadre sécurisant pour s'épanouir. Je ne l'ai vu que quelques minutes, mais il me paraît évident que ce petit garçon est perturbé. Sans son père à ses côtés, il risque d'avoir beaucoup de mal à trouver la stabilité qui lui manque.

Bien que stupéfiée par la perspicacité de Jake, Ashley ne voulut rien laisser paraître.

— Notre fils n'a même pas quatre ans ! Il n'est pas un peu jeune pour être taxé de névrosé ? demanda-t-elle d'un ton ironique.

Elle vit aussitôt le regard de Jake se durcir.

— Que lui as-tu dit sur moi ? demanda-t-il sèchement.

— Rien d'autre que la vérité. A savoir que son père ne voulait pas de lui, l'informa-t-elle en le toisant du regard.

Le cœur serré, Jake se remémora leurs conversations passées. Il n'avait eu de cesse de répéter à Ashley qu'il ne souhaitait pas avoir d'enfants. Elle avait certainement eu raison de penser qu'il lui aurait demandé d'avorter en apprenant sa grossesse… Pourtant, sa rencontre avec le petit garçon avait déjà tout changé.

— Je comprends que tu aies voulu garder notre bébé, Ashley, dit-il après un long silence, la voix brisée par l'émotion. Mais il n'en reste pas moins que ce que je craignais par-dessus tout est arrivé et qu'il n'est plus rien que je puisse faire pour changer le cours des choses…

— Je suis désolée, soupira-t-elle. Je ne sais pas quoi te dire d'autre.

Ashley contemplait le visage torturé de Jake avec un profond sentiment d'impuissance.

— Dis-moi « oui », dit-il alors. C'est tout ce que je te demande.

— Tu sembles oublier un détail, Jake : j'ai déjà un fiancé.

— Je ne considère pas Howard Caule comme ton fiancé. Il n'a même pas réussi à te convaincre de porter une bague de fiançailles ! Et puis, je mettrais ma main au feu que tu n'as jamais partagé son lit…

— Sache qu'il existe encore des hommes qui savent se contrôler ! lui fit-elle remarquer, exaspérée. Howard est très croyant, et même si je ne partage pas ses convictions, je respecte sa foi.

— Il faut plus que de la foi pour te résister ! rétorqua-t-il en riant. Tu es la tentation incarnée. Dès que je t'ai vue assise au bar de l'hôtel, l'autre jour, j'ai été saisi par une folle envie de te plaquer sur le comptoir et de te faire sauvagement l'amour.

Scandalisée par l'audace de Jake, Ashley fut cependant incapable de réprimer un frisson de désir.

— Je suis fiancée à Howard et je vais l'épouser, répéta-t-elle, avec moins de conviction qu'elle ne l'aurait souhaité.

Jake sortit son téléphone portable de sa poche de jean et le lui tendit.

— Je veux que tu l'appelles pour l'informer que c'est fini entre vous. Dis-lui que tu vas m'épouser.

Ashley fixa le téléphone comme si c'était une bombe à retardement.

— C'est hors de question !

— Tu préfères que je m'en charge ?

— Tu ne peux pas me forcer à rompre mes fiançailles !

— Tu crois ça ? demanda-t-il, un sourire moqueur aux lèvres. A ton avis, comment réagirait ce cher Howard en apprenant que mon offre fabuleuse ne tient plus ?

Ashley sentit sa gorge se serrer.

— Je connais beaucoup d'antiquaires qui seraient heureux de s'approprier toutes ces richesses, poursuivit-il en embrassant d'un regard les biens contenus dans la pièce.

— Tu ne t'imagines quand même pas que ton minable petit chantage va fonctionner ! Jamais Howard n'acceptera de me laisser tomber !

— Pourquoi ne pas l'appeler pour t'en assurer ? suggéra-t-il en lui tendant de nouveau son téléphone portable.

Ashley s'empara à contrecœur de l'appareil et, après avoir ostensiblement tourné le dos à Jake, composa le numéro de son fiancé.

— Ashley ! s'exclama celui-ci d'un ton joyeux. Comment s'est passée ta journée ?

Avant même qu'elle ait eu le temps de répondre, il enchaîna :

— Tu te souviens de cette maison dans les environs de Sydney ? Eh bien, la famille du défunt a décidé de nous en confier la vente, ainsi que celle de tous ses biens ! C'est une nouvelle fantastique, tu ne trouves pas ? Avec ce nouveau marché et l'affaire que tu as conclue avec Jake Marriott, nous allons faire bien des envieux au prochain salon des antiquaires.

— Howard… Jake est au courant pour Lachlan.

— Ma mère est folle de joie, continua-t-il surexcité, sans prêter la moindre attention à ce qu'elle disait. Mes parents n'auraient jamais pensé que je puisse un jour acquérir un tel renom. Je dois te remercier, Ashley, parce que sans ton…

— Howard, le coupa-t-elle. Jake est tombé par hasard sur son fils.

— Les antiquités Howard Caule vont… Quoi ? Qu'est-ce que tu viens de dire ?

— Jake sait que Lachlan est son enfant, martela-t-elle, avant de prendre une profonde inspiration. Il veut que je l'épouse et menace d'annuler notre accord si je refuse.

Il y eut un petit silence.

— Quelle réponse lui as-tu donnée ? l'interrogea-t-il.

— A ton avis ?

Howard poussa un long soupir.

— Ashley, même si tu as fait de ton mieux pour me le cacher, j'ai compris depuis un certain temps que tu ne m'aimais pas vraiment.

— Mais je…

— Ne t'inquiète pas, l'interrompit-il. Ce n'est pas ta faute si tu éprouves encore des sentiments pour…

— Tu as peur que l'affaire ne te passe sous le nez, c'est bien ça ? le coupa-t-elle d'un ton glacial.

— Qu'est-ce que tu vas t'imaginer ? s'écria-t-il, offusqué.

Je n'hésiterais pas une seconde à renoncer à cette offre si je pensais pouvoir te rendre heureuse.

Ashley crispa les doigts sur le combiné, gênée que Jake soit témoin de leur conversation.

— Tu dois l'épouser. Jake est le père de ton enfant. C'est à lui qu'il revient de l'élever. Il ne serait pas correct que je me mette en travers de son chemin.

— Mais… et nous ? demanda-t-elle à voix basse.

Derrière son dos, elle entendit Jake pousser un petit rire sarcastique.

— Ashley, tu sais très bien que tu comptes énormément pour moi, répondit Howard d'une voix ferme. Mais il est évident que tes sentiments ne sont pas aussi forts que les miens. Ma mère s'inquiète d'ailleurs depuis des mois parce que tu ne cesses de reculer la date du mariage.

Ashley jeta un coup d'œil en direction de Jake et détourna la tête en apercevant son petit sourire satisfait.

— Je suis désolée, Howard. Je n'ai jamais eu l'intention de te blesser. Tu as toujours été si gentil avec mon fils et moi.

— Tout va bien, Ashley, ne t'en fais pas. Nous resterons amis. Et puis, tu es toujours ma collaboratrice, ne l'oublie pas.

— C'est vrai… On continuera à se voir au travail.

Jake lui prit brusquement le téléphone des mains.

— Caule, c'est Jake Marriott. Ashley ne travaillera plus pour vous une fois que vous aurez été livré. J'ai d'autres projets pour elle.

— Oh, je vois… Dans ces conditions, tous mes vœux de bonheur à vous deux, ainsi qu'à Lachlan, bien sûr…

— Nous devrions avoir fini l'inventaire dans le courant de la semaine prochaine. Sachez que j'ai été content de faire affaire avec vous, Caule.

— Oui, oui… Moi aussi… J'ai été ravi, monsieur Marriott. Vraiment ravi… Merci encore… Et au revoir !

— Quelle andouille ! marmonna Jake en remettant le téléphone dans sa poche.

Ashley le foudroya du regard.

— Tu n'es qu'un sale type arrogant et prétentieux ! Tu t'es entendu ? « J'ai d'autres projets pour elle. » Tu crois avoir le droit de régenter ma vie ? Va au diable ! dit-elle en le poussant violemment.

— Ashley, je suis le père de ton fils, lui rappela-t-il en s'emparant de sa main. Et bientôt, je serai aussi ton mari.

— Ça ne t'autorisait pas à dire à Howard que j'allais démissionner ! Je te déteste et je ne veux pas t'épouser ! hurla-t-elle, tout en essayant en vain de libérer sa main.

— Tu ne me détestes pas, Ashley. Tu me désires. Autant que lorsque nous nous sommes rencontrés à Londres, peut-être même davantage.

— Je crois que tu n'as pas très bien compris ! lui lança-t-elle d'un ton mordant. Je n'ai aucune envie de coucher avec toi !

— Tu peux chercher à t'en convaincre, mais je sais à quoi m'en tenir. Tu me veux, et je te veux aussi… Tu ne le sens pas ? demanda-t-il.

Jake l'attira à lui, et elle tressaillit violemment en sentant la preuve de son désir contre son ventre. Puis il pencha son visage vers elle et son souffle chaud vint caresser ses lèvres. Mais au lieu de l'embrasser avec avidité, comme il en avait autrefois l'habitude, il l'embrassa avec une infinie tendresse. Aussitôt, Ashley se sentit fondre sous la douceur voluptueuse de ce baiser.

Quand il glissa la langue entre ses lèvres, Ashley crut défaillir de plaisir.

Jake la prit dans ses bras et la porta jusqu'à sa chambre d'enfant. Puis il se laissa tomber avec elle sur le petit lit, son corps puissant recouvrant le sien. Cette fois, il captura ses lèvres brûlantes avec passion, comme s'il avait été trop longtemps privé de baisers, et Ashley répondit à son étreinte avec la même ardeur.

Elle lui enleva son T-shirt, puis défit la ceinture de son jean. Quand elle se mit à caresser son sexe à travers le fin tissu de son caleçon, un râle de plaisir s'échappa des lèvres de Jake. Il la dévêtit à son tour, lui arrachant son débardeur et son soutien-gorge. Une fois sa poitrine gonflée de désir délivrée de son carcan, il s'empara d'un de ses seins et en mordilla la pointe durcie, la plongeant dans un univers d'une infinie sensualité, où une intense volupté se mêlait à une exquise douleur.

Jake abandonna sa poitrine pour se débarrasser de son jean, puis il enleva à Ashley sa jupe et le reste de ses vêtements. Elle sentit tout son corps tressaillir au contact de ses mains chaudes sur sa peau nue.

Et puis il la pénétra. Elle était si prête à le recevoir qu'elle ne put retenir un gémissement de plaisir. Elle aurait voulu arrêter le temps pour profiter le plus longtemps possible du bonheur d'être possédée par lui, mais elle ne put s'empêcher de répondre avec fougue à ses assauts rapides et puissants.

Alors qu'elle était sur le point d'atteindre les cimes de l'extase, Jake se retira légèrement.

— Ne t'arrête pas ! le supplia-t-elle. Tu ne peux pas t'arrêter maintenant !

Jake prit appui sur ses mains et plongea de nouveau en elle, les muscles de ses bras tendus à l'extrême tandis qu'il se soulevait et s'abaissait, luttant de toutes ses forces pour garder le contrôle de lui-même.

— Je ne devrais pas continuer, dit-il d'une voix tendue. Je n'ai pas mis de préservatif.

— Ce n'est pas grave, dit-elle dans un souffle.

— Tu prends la pilule, c'est sûr ?

La pilule ? Oh, mon Dieu ! Quand l'avait-elle prise pour la dernière fois ? Aujourd'hui, on était… vendredi… Elle l'avait peut-être oubliée hier, mais elle avait dû y penser les autres jours de la semaine… Il fallait bien reconnaître qu'elle était devenue un peu négligente au fil des années. Ce n'était pas comme si Howard et elle avaient déjà…

— Tu la prends ? répéta-t-il.

— Oui, répondit-elle, croisant les doigts pour que tout se passe bien.

— Je vais tout de même me retirer, au cas où…

— Non ! le pria-t-elle en s'agrippant à lui. C'est inutile !

Jake reprit ses mouvements de va-et-vient, les yeux brûlants de désir, et elle garda les jambes étroitement serrées pour le maintenir à l'intérieur d'elle-même.

Soudain, Ashley fut submergée par une immense émotion. Seigneur ! Comme elle aimait cet homme ! Sa vie avait commencé le jour où elle avait rencontré Jake, et si elle avait réussi à survivre à leur rupture, c'était uniquement parce qu'elle avait emporté en le quittant une partie de lui dans son ventre. Même s'il détestait l'idée d'être père et avait offert de l'épouser uniquement par sens du devoir, elle l'aimait de tout son cœur, et elle savait qu'il en serait ainsi jusqu'à son dernier soupir…

Jake ferma les yeux, s'efforçant de retarder le moment de la jouissance suprême. Mais avec Ashley, il avait l'impression d'être redevenu un adolescent fougueux, incapable de maîtriser son désir.

— Oh, mon Dieu ! s'exclama-t-il alors qu'il perdait le contrôle de lui-même, le corps secoué de violents frissons de plaisir.

Puis il se laissa tomber dans ses bras, essayant en vain de calmer les battements affolés de son cœur.

— Je suis désolé, je n'ai pas réussi à me retenir, dit-il en se redressant, la respiration haletante.

— Ce n'est pas grave, répondit-elle en lui passant doucement un doigt sur les lèvres, le regard fiévreux.

Après s'être emparé de son doigt, Jake le suça lentement, voluptueusement, puis sa bouche parcourut son ventre et descendit sur ses cuisses entrouvertes.

— Tu n'es pas obligé… Oh, Jake…, gémit-elle, comme ses lèvres brûlantes trouvaient le chemin de son intimité.

Le plaisir monta en elle par vagues, l'emmenant toujours plus haut, et il culmina bientôt en une extase, foudroyante et superbe, qui la projeta dans un autre monde.

Ashley ne sut pas combien de temps elle resta immobile, les paupières closes, n'osant pas regarder Jake tant elle avait honte d'elle-même. Quelques instants plus tôt, elle lui avait affirmé qu'elle n'avait pas envie de lui, et elle venait pourtant de s'abandonner à son étreinte passionnée sans réticence ni retenue…

Décidément, rien ne se passait jamais comme prévu, songea-t-elle avec amertume, et sa vie était un véritable fiasco. Elle avait souhaité de tout son cœur fonder une famille avec Jake, et au lieu de cela, elle avait été contrainte de s'enfuir, terrifiée et seule, avec leur bébé dans le ventre. Elle avait rêvé qu'il lui avoue un jour son amour, mais pas une seule fois au cours de leurs années de vie commune, il n'avait prononcé ces mots.

Ashley sentit brusquement le matelas se soulever et rouvrit les yeux.

— De combien de temps penses-tu avoir besoin pour finir l'inventaire des biens de mon père ? lui demanda Jake en enfilant son jean.

— De quelques jours encore… Je n'ai pas terminé toutes les estimations, mais je peux poursuivre mon travail dans l'entrepôt de Howard.

— Très bien, dit-il en remettant son T-shirt. Je veux que les travaux de rénovation de la maison commencent au plus vite. Comme ça, on pourra y emménager juste après notre mariage.

— Je ne me rappelle pas avoir accepté de t'épouser ! s'exclama-t-elle, vexée qu'il considère son consentement comme acquis.

— Habille-toi donc ! dit-il en ramassant ses vêtements par terre, avant de les lui lancer en la regardant d'un air de défi. Je souhaite rencontrer ta famille ce soir pour préparer la cérémonie.

Ashley se leva d'un bond et jeta rageusement ses habits sur le lit.

— Si tu crois que mes parents vont être d'accord pour que tu m'épouses, tu te fourres le doigt dans l'œil ! s'écria-t-elle d'un ton furieux. Je les connais mieux que toi. Mon père n'acceptera jamais de te donner ma main.

— Tu as vingt-quatre ans, Ashley, fit-il remarquer. Je ne pense pas que nous ayons besoin de la permission de tes parents pour nous marier.

— Je n'arrive pas à croire que tu veuilles m'épouser ! Tu as toujours été contre le mariage ! Ce n'est pas parce que nous avons eu un enfant ensemble qu'on doit à tout prix officialiser notre union.

— Peut-être pas, mais j'ai décidé que je voulais t'épouser, et je ne changerai pas d'avis.

— Quelle belle demande en mariage ! rétorqua-t-elle avec ironie.

— Peut-être que je ne suis pas très doué, mais figure-toi que c'est ma première, grommela-t-il.

Ashley se rhabilla maladroitement, déstabilisée par le regard scrutateur de Jake, et elle eut le plus grand mal à refréner un cri de douleur quand elle se pinça la peau dans la fermeture Eclair de sa jupe. Pourquoi fallait-il toujours qu'elle perde ses moyens en sa présence ? Ne pouvait-elle donc parvenir à dominer ses émotions ?

Quand elle se tourna vers lui, déterminée à avoir le dernier mot, il avait déjà quitté la pièce. Alors elle regarda fixement la porte, respirant longuement l'odeur de leurs corps mélangés qui flottait encore dans la pièce, avec l'impression que son âme tout entière était imprégnée de l'essence même de Jake.

10.

Ashley quitta la maison de Jake en proie à un profond désarroi. Même si de nobles raisons avaient poussé Howard à renoncer à elle, elle ne pouvait s'empêcher d'être contrariée qu'il se soit si facilement plié aux exigences de Jake. Elle repensa brusquement au sourire de triomphe que celui-ci avait arboré en comprenant qu'il avait gagné la partie, et elle sentit une immense colère l'envahir.

Trop furieuse pour rentrer directement chez ses parents, elle décida d'aller faire un tour à la plage de Balmoral, où elle avait passé tant de journées de son enfance à jouer dans les rochers et à nager dans l'eau calme de la baie.

Après avoir enlevé ses sandales, elle les prit par la lanière et marcha sur la plage de sable fin, jusqu'à la réserve naturelle de Wyargine. Puis elle grimpa sur les rochers et contempla longuement la mer, laissant la brise souffler sur son visage. Mais au bout d'un moment, le vent commença à forcir, et sa morsure sur ses bras nus la fit frissonner. Elle décida alors de faire demi-tour et descendit avec précaution des rochers.

Alors qu'elle parcourait de nouveau la longue étendue de sable, Ashley vit une fine silhouette en tenue de sport se diriger vers elle à grandes foulées. Elle s'arrêta en reconnaissant Mia.

— Salut, Ashley ! s'exclama sa sœur en arrivant à sa hauteur, avant de continuer à courir sur place. Moi qui croyais que tu étais déjà rentrée à la maison pour te préparer aux festivités de ce soir !

— Quelles festivités ? demanda-t-elle, les sourcils froncés.

— Ton mariage, bien sûr ! s'écria Mia en ouvrant de grands yeux. Jake est arrivé tout à l'heure à la maison avec une caisse entière de champagne, et il a sollicité un entretien en privé avec papa pour lui demander ta main. Ton futur mari est un homme tellement romantique ! Maman était si émue qu'elle a pleuré comme une madeleine et Lachlan était fou de joie !

Abasourdie, Ashley la regarda fixement. Ainsi donc, ses parents étaient tombés dans le piège tendu par Jake, et le pire était qu'ils lui avaient donné leur bénédiction sans même prendre la peine d'en discuter avec elle !

Mia s'arrêta soudain de courir et la dévisagea d'un air inquiet.

— Quelque chose ne va pas ? C'est bien lui que tu veux épouser, n'est-ce pas ? Ne me dis pas que tu préfères Howard ! Je n'ai rien contre lui, mais tu avoueras qu'il n'est pas un sexe-symbole, dit sa sœur en poussant un petit rire.

— Ce que tu peux être superficielle ! riposta Ashley, exaspérée, avant de se diriger à grands pas vers sa voiture.

— Eh ! Que se passe-t-il ? l'interrogea Mia en lui courant après. Je ne comprends pas ! Jake veut se marier avec toi. Ce n'est pas ce que tu as toujours désiré ?

— Jake ne m'aime pas, affirma-t-elle d'un ton amer. Il veut m'épouser uniquement parce qu'il sait que Lachlan est son fils.

— J'ai entendu parler de la bourde d'Ellie, répondit sa sœur avec une petite grimace. Mais finalement, Jake a plutôt bien réagi, tu ne trouves pas ? D'autres que lui auraient pris leurs jambes à leur cou, ou se seraient empressés de procéder à un test de paternité.

— C'est précisément ce qu'il compte faire.

— Ah bon ! s'exclama sa sœur, l'air surpris. Cela dit, c'est compréhensible. Tu aurais très bien pu concevoir Lachlan avec un autre homme.

Ashley la foudroya aussitôt du regard.

— Enfin… je veux dire… si tu étais comme certaines femmes, se reprit sa sœur en passant le bras sous le sien. « Tu sais quoi, Ashley ? poursuivit Mia. J'ai l'impression de vivre un rêve éveillé. Lachlan a enfin auprès de lui un père, son vrai père, et je suis bouleversée de voir l'air émerveillé de ton fils quand il regarde Jake. Tout à l'heure, celui-ci lui a offert un petit camion à benne en lui expliquant que comme ça, il pourrait l'aider à faire les travaux de terrassement dans le jardin de la maison de Lindfield. Lachlan semblait si heureux !

Ashley songea avec amertume que Jake avait tout planifié avec soin et qu'elle n'avait, comme autrefois, pas son mot à dire.

— Tu as l'air contrarié… Pourtant, tu l'aimes, n'est-ce pas ? Tu l'as toujours aimé…

Ashley hocha la tête, ne voyant aucune raison de mentir à sa sœur.

— Le problème n'est pas là, dit-elle en cherchant ses clés de voiture dans sa poche. Dès notre première rencontre, j'ai su qu'il était l'homme de ma vie. Et même après notre séparation, je n'ai jamais cessé de penser à lui. Si je me suis rapprochée de Howard, c'était par besoin d'affection plus que par amour. Et puis, je me suis dit qu'en fréquentant un homme gentil et honnête, je finirais bien par oublier Jake…

— Mais il n'est pas de ceux qu'on oublie facilement, lui fit remarquer Mia.

— Je m'en étais rendu compte, répliqua-t-elle en lui souriant tristement.

— Vous avez fait l'amour depuis son retour en Australie ? lui demanda soudain sa sœur.

Ashley sentit ses joues s'enflammer et elle détourna la tête pour ouvrir la portière de sa voiture.

— Oh, mon Dieu ! s'exclama Mia en poussant un cri de joie. Je le savais ! Vous l'avez fait !

— Je te jure que je vais t'étrangler, un jour ! riposta Ashley en lui jetant un regard noir.

— On se voit tout à l'heure à la maison ! lui lança sa sœur avec un large sourire. Je préfère continuer à courir un peu. Contrairement au tien, mon rythme cardiaque n'a pas atteint des sommets aujourd'hui !

Ashley monta dans sa voiture sans prononcer un mot et démarra aussitôt.

A peine eut-elle franchi le seuil de la porte d'entrée que Lachlan se précipita vers elle, le visage rayonnant.

— Regarde le cadeau de papa pour moi ! s'exclama-t-il en lui montrant son camion flambant neuf.

Ashley lui fit un grand sourire et se pencha pour embrasser le sommet de sa tête.

— J'espère que tu n'as pas oublié de le remercier.

— Non, c'est fait ! répondit Jake en arrivant à son tour dans le couloir.

Il plongea son regard noir et envoûtant dans celui de la jeune femme.

— Je… j'ai besoin de prendre une douche…, dit-elle en tentant de s'enfuir.

— Attends ! s'écria Jake en la rattrapant par le bras.

Puis il se tourna vers son fils, qui les regardait d'un air étonné.

— Lachlan, tu veux bien nous laisser quelques minutes, maman et moi ? Dès que nous aurons fini de discuter, je monterai te lire une histoire.

— Tu veux dire, comme un vrai papa ? demanda le petit garçon, le visage radieux.

— Bien sûr, bonhomme !

— Tu vas aussi me border et me demander de souffler la lumière ?

Jake se tourna vers Ashley et lui adressa un regard interrogateur.

— C'est un petit rituel que j'ai instauré, lui expliqua-t-elle à voix basse. Dès que Lachlan souffle, j'appuie sur l'interrupteur. Comme ça, il pense qu'il a lui-même éteint la lumière.

— C'est très mignon, chuchota-t-il, avant de se tourner de nouveau vers son fils. Tu ferais mieux de commencer à t'entraîner dès maintenant, mon grand. Quelque chose me dit que tu vas avoir besoin de souffle ce soir !

Lachlan s'éloigna en gambadant et Ashley sentit des larmes de joie lui picoter les yeux en le voyant si heureux.

— C'est un gentil petit garçon, dit Jake après un court silence.

Ashley dut se mordre la lèvre pour ne pas pleurer.

— Tout à l'heure, tu es partie sans rien dire, reprit-il. Je me suis inquiété. Tu étais où ?

— J'ai été marcher sur la plage, parvint-elle à répondre. J'avais besoin d'être seule.

— Tu sais, j'ai parlé à ta famille de nos projets.

— De *nos* projets ? Tu veux plutôt dire des *tiens*.

— Je ne comprends pas ce qui te gêne, Ashley. Autrefois, tu mourais d'envie que je te demande en mariage.

— Ce qui me gêne, c'est que tu n'as pas vraiment envie de m'épouser ! Tu t'y sens obligé, c'est tout !

— Qu'espérais-tu, exactement ? Mets-toi un peu à ma place ! De retour en Australie pour m'occuper de la succession de mon père, je découvre que je suis le père d'un petit garçon de presque quatre ans, dont la mère a l'intention d'épouser un homme pour lequel elle n'éprouve pas la moindre attirance !

— Ça, tu n'en sais rien ! s'exclama-t-elle en lui jetant un regard assassin.

— Tu oserais affirmer que tu es amoureuse de lui ?

— Ça changerait quoi, de toute façon ? Tu te fiches complètement de mes sentiments !

— Si Howard Caule t'aimait vraiment, il se serait battu pour te garder, au lieu de t'échanger contre des vieilleries !

— Tu ne comprends donc pas qu'il a renoncé à moi par amour ? Il veut mon bonheur et celui de Lachlan, et c'est pour cette raison qu'il a accepté de se sacrifier. Mais bien sûr, tu n'as aucune idée de ce que ce mot veut dire.

Jake eut un petit rire sarcastique.

— La vérité, c'est que Howard est un lâche. Un homme digne de ce nom aurait déjà fait irruption dans cette maison pour me casser la figure.

— Howard n'est pas un être violent. Contrairement à d'autres, il sait parfaitement se contrôler, dit-elle d'un ton plein de sous-entendus.

Jake se raidit et un éclair de fureur passa dans ses yeux sombres.

— Je n'ai jamais levé la main sur toi !

— Pas encore…

Il resserra son étreinte autour de son bras.

— Je vois très bien ce que tu essayes de faire. Tu veux me pousser à bout pour que je me comporte comme mon père. Mais tu n'y arriveras pas, Ashley. Rien ne me fera tomber aussi bas. Tu m'entends ? Rien.

— Euh… excusez-moi…, intervint soudain Ellie, qui avait passé sa tête dans l'entrebâillement de la porte et tenait une bouteille de champagne et des flûtes en cristal à la main. Je vous sers un verre ?

Jake répondit poliment qu'il avait promis à Lachlan de monter le voir et quitta la pièce en lançant à Ashley un regard qui la glaça.

— Une petite prise de bec entre amoureux ? l'interrogea Ellie, avant de lui tendre une flûte de champagne.

Ashley s'empara du verre et regarda fixement les

bulles monter à la surface. Puis elle prit une profonde inspiration et en vida le contenu d'un seul trait.

— Jake est sublime quand il est en colère ! s'exclama sa sœur. Comment fais-tu pour lui résister ?

C'était bien là le problème, se dit Ashley. Malgré ce qu'elle cherchait à faire croire à Jake, elle était incapable de lui résister, et elle n'avait aucune intention de refuser de l'épouser.

— Je monte prendre une douche, dit-elle en tendant à Ellie son verre vide.

— Tu veux que je demande à Jake de te rejoindre ? suggéra celle-ci d'un air malicieux.

— Dis-lui plutôt d'aller en enfer ! marmonna-t-elle.

— Tu veux dire, là où tu te trouves depuis quatre ans ?

Ashley quitta la pièce sans lui répondre, songeant que sa petite sœur la connaissait décidément trop bien.

Ashley se doucha longuement, s'efforçant de retarder le moment où elle devrait rejoindre sa famille dans le salon et affronter les sourires radieux et les félicitations chaleureuses de ses parents.

Bien décidée à ne faire aucun effort vestimentaire, elle enfila une vieille robe de plage rose, trop serrée à la poitrine. Puis elle brossa rapidement ses cheveux encore mouillés et sortit de la salle de bains, sans s'être parfumée ni maquillée.

Alors qu'elle était sur le point d'entrer dans la chambre de son fils pour lui souhaiter bonne nuit, Ashley entendit la voix profonde et veloutée de Jake et s'arrêta sur le seuil de la porte. Hypnotisée, elle écouta la fin de l'histoire qu'il lisait à son fils.

— J'aime bien quand ça parle des toutous, commenta Lachlan de sa voix haut perchée, une fois la lecture terminée. J'en veux un depuis longtemps, mais mamie a des all… all…

— Des allergies ? l'aida gentiment son père.

— Oui, c'est ça ! Elle fait tout le temps « atchoum » et elle doit mettre un produit dans sa bouche.

— J'ai eu une petite chienne autrefois, lui raconta Jake. Elle s'appelait Patch.

— C'est rigolo comme nom, déclara Lachlan en riant.

— Oui… Je suppose…

— Elle était gentille ?

— Adorable. C'était ma meilleure amie.

— Elle te manque ?

— Parfois…

Le lit craqua. Jake venait sans doute de se lever, comprit Ashley.

— Allez ! Maintenant, il est l'heure de faire dodo !

— Papa ?

Ashley ne put résister à la tentation de les regarder et elle passa la tête dans l'encadrement de la porte, osant à peine respirer de peur de se faire repérer. Jake se tenait debout à côté du lit, les yeux baissés sur son fils, dont la tête dépassait à peine des couvertures.

— Oui ? demanda Jake.

Lachlan serra entre ses petites mains le drap décoré de voitures de course.

— Tu as changé d'avis, alors ? Tu veux bien être mon papa ? demanda-t-il en le regardant timidement.

Le cœur battant à tout rompre, Ashley attendit la réponse.

— J'ai changé d'avis sur beaucoup de choses, Lachlan, dit Jake après un temps infini. Maintenant, il faut dormir. Nous en reparlerons demain.

Jake se dirigea vers la porte.

— Papa ?

Il se retourna vers son fils, qui le contemplait d'un air admiratif.

— Je t'aime, lui dit Lachlan.

Submergé par l'émotion, Jake sentit sa gorge se nouer. Il voulut lui répondre, mais aucun son ne sortit de sa bouche.

— Je t'aimais déjà avant, continua Lachlan. Tu peux demander à maman, si tu veux. J'ai toujours voulu avoir un papa.

Ashley avait dû faire du bruit sans s'en rendre compte car Lachlan se dressa brusquement sur son lit.

— Maman ! Je peux souffler la lumière ? demanda-t-il en lui adressant un grand sourire.

— D'abord, je vais te faire un gros câlin, dit-elle en le serrant dans ses bras, avant d'embrasser le bout de son nez, ses joues et ses dix petits doigts.

Puis elle sortit de la chambre et posa le doigt sur l'interrupteur. Jake prit sa main entre la sienne et la maintint immobile.

— A trois, Lachlan, dit-il d'une voix très grave. Un… deux… trois !

Lachlan souffla fort et la lumière s'éteignit. Il se blottit sous ses draps en gloussant de plaisir.

Ashley dégagea sa main de celle de Jake et lorsqu'elle croisa son regard, elle vit qu'il avait les yeux brillants d'émotion.

— Jake ?

Il détourna la tête et referma doucement la porte de la chambre.

— Tes parents nous attendent dans le salon pour nous féliciter. Allons-y ! dit-il en descendant l'escalier sans l'attendre.

— Ma chérie ! s'exclama sa mère en l'accueillant dans le salon, les bras grands ouverts. Toutes mes félicitations ! Nous sommes si contents pour vous !

Son père la serra dans ses bras et Ashley se blottit contre son épaule, se demandant s'il percevait son désarroi.

— Jake, viens donc prendre un verre ! s'écria sa mère

d'un ton débordant d'enthousiasme. Mia ! Sers à ton futur beau-frère un peu de champagne, s'il te plaît. A moins que tu ne préfères une bière ?

— Du champagne, ce sera parfait, répondit-il.

— Le mariage est prévu pour quand ? demanda Ellie.

— Dans un mois, répondit Jake. Il faut du temps pour obtenir les papiers.

— Un mois ? Mais c'est bientôt ! s'exclama Mia. Ashley, je peux être ta demoiselle d'honneur ?

— Moi aussi ? demanda Ellie.

Malgré la colère qu'elle sentait bouillir en elle, Ashley réussit à leur adresser un large sourire.

— Vous prévoyez un grand mariage ? intervint de nouveau sa mère.

— Non, je ne pense pas..., commença Ashley, avant que Jake ne lui coupe la parole.

— Bien sûr ! Je veux une cérémonie somptueuse. Ce moment doit rester inoubliable. Votre fille rêve depuis si longtemps de se marier, n'est-ce pas, ma chérie ?

Ashley se força à sourire, mais elle était si crispée que sa mâchoire lui faisait mal.

— Au fait, comment Howard a-t-il réagi ? demanda Ellie.

Jake ne lui laissa pas le temps d'ouvrir la bouche.

— Comme un parfait gentleman, répondit-il avec un grand sourire. Il a dit vouloir ce qu'il y avait de mieux pour Ashley, et il nous a souhaité bonne chance.

La jeune femme serra les dents, au comble de l'exaspération. Puis elle vida d'un trait le contenu de son verre. La tête lui tournait légèrement quand elle le reposa.

— Vous allez bientôt emménager dans la maison de Lindfield ? demanda son père à Jake.

— Je crains que les travaux ne prennent plusieurs semaines. Mais je voudrais commencer à m'en occuper dès demain. En fait, j'espérais qu'Ashley et Lachlan pourraient venir avec moi. Ce serait notre premier week-end en famille…

Ashley pouvait difficilement prétendre avoir quelque chose de prévu, aussi garda-t-elle le silence.

— Lachlan ne vous gênera pas ? s'enquit Mia, une lueur coquine dans les yeux.

— Non, ça va aller, répondit Jake. Les ouvriers chargés du gros œuvre n'arrivent que lundi, donc il ne court aucun risque à trotter dans la maison. Et puis, j'ai envie de passer un peu de temps avec lui.

Jake se tourna ensuite vers Ellie.

— En revanche, si tu es toujours d'accord pour t'occuper de Lachlan ce soir, j'aimerais dîner en tête à tête avec Ashley pour fêter nos fiançailles.

— Bien sûr, Jake ! répondit Ellie, un sourire étincelant aux lèvres. D'ailleurs, vous n'avez qu'à passer la nuit à ton hôtel. Demain, on est samedi. Lachlan n'a donc pas besoin qu'on l'emmène à la crèche.

— Mais je…, commença à protester Ashley.

— Vous êtes tous adorables, mais je ne voudrais pas abuser de votre gentillesse, l'interrompit Jake, comme s'il ne l'avait pas entendue.

— Mais non ! Je vous assure que ça ne nous dérange pas ! s'exclama chaleureusement la mère d'Ashley. Vous avez bien droit à un peu de bon temps : vous avez près de quatre ans à rattraper.

— Merci beaucoup, lui dit Jake. Tu as besoin de combien de temps pour te préparer, chérie ?

« Qu'est-ce que tu dirais de quatre ans, justement ? » eut-elle envie de rétorquer.

— Cinq minutes, répondit-elle avant de quitter la pièce.

— Tu es bien silencieuse, observa Jake, tandis qu'ils roulaient en direction du centre-ville.

— Comment peux-tu être aussi hypocrite ? l'interrogea-t-elle en lui jetant un regard furieux.

— Que veux-tu dire ? demanda-t-il d'un air innocent.

— Tu as laissé tout le monde croire que tu avais hâte de te retrouver seul avec moi.

— Mais c'est la stricte vérité, Ashley.

— Ce n'est pas la question ! Tu cherches à donner l'impression que tout est redevenu comme avant, mais tu sais très bien que ce n'est pas le cas. Je suis d'ailleurs surprise que ma famille ne s'en soit pas rendu compte.

— Tout à l'heure, j'ai eu une longue discussion avec ton père. Je lui ai expliqué que j'avais changé et que je n'étais plus du tout hostile au mariage. Je lui ai aussi promis de bien m'occuper de toi et de Lachlan.

Elle détourna la tête et regarda fixement par la fenêtre de sa portière.

— Je suppose que tu as aussi prétendu m'aimer ! lança-t-elle d'un ton cinglant.

Un silence pesant s'installa. Tout en écoutant le chuintement des pneus sur le bitume, Ashley se maudit de s'être montrée si vulnérable. Jake n'avait même pas été capable de dire à son fils de trois ans qu'il l'aimait, alors qu'espérait-elle ?

— Je n'avais aucune raison de lui mentir, répondit-il d'un ton calme.

Elle fronça les sourcils, s'efforçant de comprendre ce qu'il voulait dire, mais elle n'en eut pas le temps.

— Tes parents désirent ce qu'il y a de mieux pour toi, reprit-il. Ils sont prêts à tirer un trait sur le passé et à m'accueillir au sein de votre famille. Quant à tes sœurs, elles trouvent que je suis un bien meilleur parti que ce bon vieux Howard.

— J'aimerais que tu ne parles pas de lui de cette manière. Howard mérite qu'on le respecte.

— Je n'arrive toujours pas à croire que tu aies envisagé de l'épouser !

— Ah, oui ! Pourtant, il a au moins eu la décence de me demander en mariage, lui, riposta-t-elle d'un ton glacial.

Jake crispa les mains sur le volant, luttant de toutes ses forces pour refouler la colère qui montait en lui. A quoi s'attendait-elle, au juste ? A ce qu'il lui promette un avenir radieux, alors qu'il n'avait rien d'autre à lui offrir que…

Il prit une petite inspiration et se concentra sur le trafic, comme pour inciter le feu rouge à changer de couleur. Il posa le pied sur l'accélérateur, attendant impatiemment de pouvoir démarrer, puis il se mit à tambouriner sur le volant, en proie à une agitation grandissante.

Qu'avait-il donc à offrir à Ashley ?

11.

Pendant le trajet en voiture, Ashley prit la ferme résolution de ne plus adresser la parole à Jake de toute la journée. Absorbée dans ses pensées, elle mit un moment avant de remarquer qu'il s'était lui aussi muré dans le silence. Elle jeta quelques regards furtifs dans sa direction, mais il continua de l'ignorer, gardant les yeux obstinément rivés sur la route.

Jake n'avait pas dû apprécier ses attaques concernant son attitude vis-à-vis d'elle et de sa famille, songea-t-elle. Mais même si la soirée promettait d'être longue et tendue, elle n'avait pas l'intention de lui présenter des excuses. Après tout, elle s'était contentée de dire la vérité…

Elle allait bientôt épouser un homme qui ne lui avait jamais dit de mots d'amour. Comment aurait-elle dû se sentir ? Certes, Jake lui avait prouvé qu'il la désirait, passionnément même, mais il éprouvait sans doute une attirance aussi forte pour bien d'autres jeunes femmes…

Pourtant, il avait réussi à convaincre ses parents qu'il ferait un bon mari. Howard, il est vrai, ne leur avait jamais paru être le meilleur partenaire pour elle. S'ils s'étaient gardés de lui faire part de leurs réticences, Mia et Ellie, en revanche, n'avaient pas eu le même tact. Ce soir encore, elles n'avaient pas caché leur soulagement et leur joie. Mais comment pouvaient-elles se réjouir de savoir qu'elle allait épouser un homme qui ne l'aimait pas ?

Ils arrivèrent enfin en vue du magnifique hôtel, qui surplombait la baie de Sydney. Le voiturier salua Jake avec déférence, et, au moment où Ashley allait ouvrir sa portière, un employé s'en chargea pour elle.

— Je porte immédiatement les affaires de mademoiselle dans votre chambre, dit le bagagiste à Jake, après avoir bavardé un moment avec lui.

Ashley lui fit signe que c'était inutile. Elle n'avait apporté qu'un petit fourre-tout, dans lequel elle avait glissé sa trousse de toilette et sa chemise de nuit la moins seyante. Si Jake s'imaginait qu'il allait passer une nuit torride, il n'allait pas tarder à déchanter !

Ils entrèrent dans l'hôtel et se dirigèrent vers l'accueil.

— Y a-t-il du courrier pour moi, aujourd'hui ? demanda Jake au réceptionniste.

— C'est tout, pour l'instant, monsieur Marriott, répondit celui-ci en lui tendant quelques enveloppes. Souhaitez-vous réserver une table dans notre restaurant ou préférez-vous qu'on vous fasse monter un repas ?

— Nous dînerons dans notre chambre. Je passerai commande tout à l'heure. Pour l'instant, je souhaiterais que vous mettiez de côté une bouteille de votre meilleur champagne.

— Je téléphone immédiatement au service du bar, monsieur. Puis-je me permettre de vous demander si vous célébrez un événement particulier ?

— Mlle Forrester et moi-même fêtons nos fiançailles. Nous avons prévu de nous marier le mois prochain. D'ailleurs, pourriez-vous contacter la presse pour l'annonce officielle ?

Après avoir pris un bloc-notes à l'en-tête de l'hôtel et un stylo à bille doré sur le comptoir de la réception, Jake griffonna le message qui devait apparaître dans le quotidien du lendemain et le tendit au réceptionniste.

— Je m'en occupe tout de suite, monsieur Marriott. De la part de tout le personnel de l'hôtel, permettez-moi de vous adresser nos plus sincères félicitations, ajouta-t-il avant de se tourner vers Ashley. Je suis très heureux de faire votre connaissance, mademoiselle Forrester.

Ashley marmonna un vague remerciement, puis Jake la prit par le bras et l'entraîna vers la rangée d'ascenseurs, si vite qu'elle faillit trébucher.

Une fois qu'ils furent loin de la réception, elle se dégagea de son étreinte et lui lança un regard furieux.

— Tu as un sacré culot ! s'écria-t-elle, tandis qu'il pressait le bouton de l'ascenseur.

Il s'appuya avec désinvolture contre le mur.

— Tu sais ce que pensent les employés, n'est-ce pas ? reprit-elle exaspérée. Ils s'imaginent que nous allons nous envoyer en l'air toute la nuit en nous grisant de champagne !

Son regard croisa celui de Jake, sombre et tranquille.

— Et alors ? Je ne vois pas ce qui te dérange.

— Pourtant, ça me paraît évident ! s'exclama-t-elle. Je te rappelle qu'hier encore, j'étais fiancée à Howard Caule. Que vont penser les gens quand ils liront le journal de demain ?

La porte de l'ascenseur s'ouvrit et Jake s'écarta pour laisser Ashley y pénétrer.

— Ils penseront que le meilleur a gagné, répondit-il d'un ton calme, avant d'entrer à son tour et d'appuyer sur le bouton du quatrième étage.

Ashley poussa un soupir irrité.

— C'est un jeu pour toi, n'est-ce pas, Jake ? Tu parles de perdre et de gagner comme si j'étais une sorte de trophée. Mais je ne t'appartiens pas. Et je n'ai aucune envie de coucher avec toi !

— Bien sûr que si, Ashley. Mais tu veux peut-être m'obliger à te le prouver, dit-il d'un air de défi.

Elle tressaillit sous son regard, parcourue par un violent frisson de désir. Quand la porte de l'ascenseur s'ouvrit enfin, elle prit une profonde inspiration et tenta de retrouver son calme.

Mais brusquement, elle fut saisie d'un vertige et crut qu'elle allait s'évanouir. Désorientée, elle suivit tant bien que mal Jake dans le couloir, mais le sol se déroba sous ses pieds et les murs se mirent à tanguer. Finalement, elle dut s'accrocher à lui pour ne pas tomber.

— Tu vas bien ? demanda-t-il d'une voix qui lui parut lointaine.

Elle sentit son estomac se soulever.

— Je… je pense que je vais…

Jake la tint serrée contre lui et ouvrit la porte d'entrée de sa main libre, la refermant d'un mouvement d'épaule lorsqu'ils furent à l'intérieur.

— Je… je… je vais être malade…, gémit-elle en posant la main devant sa bouche.

— Viens !

A peine eut-il ouvert la porte de la salle de bains qu'Ashley se précipita vers la cuvette des toilettes. Jake repensa brutalement à la terrible période qui avait suivi leur rupture. Pendant des semaines, il était resté cloîtré dans son appartement, cherchant vainement à noyer son désespoir dans le whisky…

Quand elle eut fini, il entra à son tour dans la salle de bains et mouilla un linge sous le robinet d'eau froide.

— Tu ne sais pas qu'il ne faut pas boire d'alcool l'estomac vide ? demanda-t-il en tamponnant délicatement son visage livide. A quand remonte ton dernier repas ?

— S'il te plaît, ne parle pas de nourriture, le supplia-t-elle d'une voix plaintive, avant d'enfouir son visage dans le linge, songeant que cet incident était sans doute un mauvais présage pour leur vie future.

— Combien as-tu bu de flûtes de champagne chez tes parents ?

— Je ne sais pas… deux… peut-être trois…

— C'est trop.

— Je ne t'ai rien demandé.

— Tout comme moi, Ashley, dit-il en l'aidant à se redresser. J'ai décidé à ta place que nous allions nous marier. Je comprends que tu sois en colère après moi…

Au moment où elle allait lui répondre, une forte nausée s'empara de nouveau d'elle, et elle eut tout juste le temps de se pencher sur la cuvette des toilettes.

— Tu avais raison de m'en vouloir, reprit-il quelques instants plus tard, d'un ton gentiment moqueur. Ma demande en mariage manquait vraiment de raffinement !

Après s'être dévêtue, Ashley avança en titubant jusqu'à la douche, sans se préoccuper du regard de Jake. Puis elle ferma les yeux et laissa l'eau chaude couler sur son corps tremblant, essayant de se concentrer pour rester debout.

— Tu n'as pas l'air très en forme, observa-t-il.

— Merci… C'est exactement ce que j'avais envie d'entendre, répondit-elle d'un ton froid.

Après lui avoir adressé un grand sourire, il tendit la main pour fermer le robinet de la douche, effleurant au passage sa poitrine. Puis il attrapa une serviette de bain épaisse, dont il se servit pour la sécher avec douceur.

Ashley se laissa faire comme une enfant, la gorge nouée par l'émotion.

— Il y a un sèche-cheveux près du kit de rasage. Tu veux que je te les sèche aussi ? demanda-t-il en l'enveloppant dans un grand drap de bain moelleux.

— Non, je vais m'allonger un moment, dit-elle en sortant de la salle de bains. J'ai la migraine.

A peine eut-elle posé la tête sur l'oreiller qu'elle s'endormit.

Jake l'observa longuement, se demandant un instant s'il ne devrait pas appeler un médecin. Mais il se rappela qu'Ashley n'avait jamais tenu l'alcool.

Un pénible souvenir, qu'il tenta en vain de repousser,

lui revint à la mémoire. Lors de leurs deux premiers rendez-vous, Ashley avait refusé de céder à ses avances. Au troisième, il avait été si déterminé à coucher avec elle qu'il n'avait eu qu'une idée en tête : la mettre dans son lit, par tous les moyens…

Il poussa un soupir et se mit à lui caresser très doucement la joue, le velouté de sa peau lui rappelant la douceur de la soie. Elle marmonna quelque chose et se pelotonna sous les draps, enfouissant plus profondément son visage dans l'oreiller moelleux.

Jake se laissa tomber dans le fauteuil à côté du lit, songeant que la nuit risquait de lui paraître bien longue.

Ashley se réveilla en plein milieu de la nuit, soulagée de sentir que son mal de tête avait disparu.

— Tu as dit quelque chose ? l'interrogea Jake, qui était allongé de l'autre côté du lit.

— Non… C'est juste que…

Le matelas se souleva légèrement. Ashley cligna des yeux quand la lumière de la lampe de chevet s'alluma.

— Quoi donc ? demanda Jake en la regardant avec un petit sourire.

« Ne regarde surtout pas son torse ! s'adjura-t-elle en silence. Garde les yeux rivés sur son visage ! »

— J'ai faim, répondit-elle en jouant avec le revers du drap.

— Qu'est-ce qui te ferait plaisir ? demanda-t-il en se levant. Du pain et du bouillon, ou quelque chose de plus consistant ? Il paraît que les œufs sont efficaces pour soigner la gueule de bois.

— Je n'ai pas la gueule de bois, répliqua-t-elle assez sèchement.

Quand Jake tendit le bras pour décrocher le combiné du téléphone, elle eut l'impression qu'il souriait.

— Jake Marriott. Suite 400. Nous voudrions du bacon et des œufs, avec une double portion de frites.

Elle lui lança un regard furieux.

— Non, pas de champagne, merci, ajouta-t-il. Il nous en reste une bouteille.

Après avoir raccroché, Jake leva les bras pour s'étirer, et elle ne put s'empêcher de contempler ses biceps musclés et son torse puissant.

— Tu es obligé de faire ça ? demanda-t-elle.

— De faire quoi ? demanda-t-il, l'air sincèrement surpris.

— Tu pourrais enfiler quelque chose, dit-elle d'un ton irrité en relevant le drap sur ses seins.

— Ce n'est pas la première fois que tu me vois nu, observa-t-il. Et puis, j'ai passé une partie de la nuit dans le fauteuil, et je peux te dire qu'il n'est pas spécialement confortable !

Elle posa sans le vouloir les yeux sur son ventre et détourna aussitôt la tête.

— Tu n'étais pas si coincée autrefois, poursuivit-il. J'espère que Howard n'a pas déteint sur toi.

— Je ne suis pas coincée. C'est juste que…

Elle s'arrêta, se demandant s'il était bien sage de poursuivre dans cette voie.

— C'est juste que quoi ? l'interrogea-t-il.

Ashley leva les yeux vers lui.

— Pour toi, l'amour a toujours été une chose très physique…

— Pas pour toi ? demanda-t-il en la regardant avec une intensité troublante.

— Si, bien sûr, mais…

Elle baissa les yeux et tordit le drap entre ses doigts, regrettant de s'être aventurée sur ce terrain.

— Mais quoi ? demanda-t-il après un court silence. Es-tu en train d'essayer de me dire que tu m'aimes encore, après toutes ces années ?

Elle le fixait, le cœur battant à tout rompre dans sa poitrine.

— Ashley ?

Quelqu'un frappa à la porte.

— Service de chambre ! les informa une voix d'homme.

Ashley remonta instinctivement le drap jusqu'à son menton. Jake enfila rapidement son jean, puis il se passa la main dans les cheveux et alla ouvrir. Elle le vit donner un pourboire au garçon d'étage et refermer la porte.

— Voilà de quoi te remplir l'estomac, dit-il en s'approchant d'elle. Ensuite, on reprendra notre petite discussion.

Après avoir calé son oreiller contre la tête du lit, Ashley se redressa. Jake posa le plateau devant elle et s'assit à son tour.

Il lui fit un clin d'œil en prenant une de ses frites.

— C'est vrai que tu n'as pas dîné hier soir, fit-elle observer. Je suis désolée…

— Pour être tout à fait franc avec toi, je n'avais pas très faim après ton petit coup d'éclat dans la salle de bains, répliqua-t-il avec un sourire moqueur.

Ashley fit une grimace et piqua une frite avec sa fourchette.

— Inutile de me le rappeler ! Je me sens déjà assez mal comme ça… C'est la dernière fois de ma vie que je bois du champagne !

Jake se mit à rire.

— Tu n'as jamais tenu l'alcool. On peut faire de toi ce qu'on veut quand tu as bu.

Sa fourchette s'immobilisa avant qu'elle ait eu le temps de la porter à sa bouche, et Ashley leva lentement les yeux vers lui.

— Pardonne-moi, je ne voulais pas dire ça, se reprit-il en la regardant d'un air honteux.

— Justement, si ! s'exclama-t-elle en repoussant le plateau, l'appétit brutalement coupé.

— Je te jure que non ! Crois-moi, je m'en veux encore

pour la manière dont s'est passée notre première nuit, dit-il, la gorge nouée par l'émotion. Mais toi, tu as été si merveilleuse…

Il y eut un long silence.

— J'imagine qu'en quatre ans, tu as dû connaître beaucoup de femmes merveilleuses…

Jake haussa les épaules.

— Tu es la seule à avoir valu le coup.

— Valu le coup ? C'est tout ? s'écria-t-elle avec indignation.

Jake lui tapota le bout du nez.

— J'étais sûr que ça allait te rendre furieuse, dit-il d'un ton amusé, en contemplant ses beaux yeux bleus étincelants de rage.

Après avoir rapproché le plateau, Ashley attrapa avec les doigts un petit morceau de bacon qu'elle se mit à mordiller.

— Tu sais, quoi ? demanda-t-il en s'emparant d'une frite avec la fourchette qu'elle avait posée sur le rebord de son assiette. Tu es encore plus belle quand tu es en colère !

— Arrête de picorer dans mon assiette, dit-elle en lui donnant une petite tape sur la main. Tout ça, c'est à moi !

Soudain, Jake reposa la fourchette et se pencha pour embrasser la jeune femme. Quand il releva la tête, il vit qu'elle le regardait d'un air surpris.

— C'était en quel honneur ? demanda-t-elle.

Il prit une autre frite.

— Ouvre, lui ordonna-t-il en approchant la main de sa bouche.

Elle s'exécuta sans protester.

— C'est bien, dit-il en souriant d'un air satisfait. Tu te décides enfin à m'écouter.

Ashley n'était pas sûre d'avoir envie de savoir ce que Jake voulait dire, alors elle préféra se concentrer sur le contenu de son assiette. Il continua à lui donner à manger, et tandis qu'elle se régalait d'un morceau de bacon croustillant, elle songea avec délice qu'elle se trouvait au paradis…

12.

Quand Ashley se réveilla, le lendemain matin, Jake était assis dans le fauteuil à côté du lit et la regardait d'un air pensif.

— Salut ! s'exclama-t-il, un sourire aux lèvres.

— Bonjour !

Elle se redressa lentement, veillant à maintenir le drap sur sa poitrine nue, et se demandant ce qui se cachait derrière ce regard énigmatique.

Il y eut un petit silence.

— Pendant que tu dormais, j'ai pas mal réfléchi, lui annonça-t-il. Je me suis rendu compte que dès notre première rencontre, à Londres, je n'avais eu qu'une idée en tête : te mettre dans mon lit. Et la même chose s'est produite quand je t'ai revue à Sydney. Mais je veux tout faire pour que notre mariage soit une réussite, et je tiens à te prouver que je peux aussi me montrer patient.

Il poussa un soupir et ajouta :

— D'ici à notre mariage, dans quatre semaines, je promets de ne pas t'embrasser, de ne pas te toucher et de ne pas te regarder de manière équivoque.

Jake se tut, attendant une réaction de la part d'Ashley, mais celle-ci restait silencieuse. Il se dirigea vers la fenêtre de la chambre et se mit à regarder dehors, avant de se tourner vers elle.

— J'ai envie d'apprendre à connaître mon fils et de commencer à construire une vraie famille, dit-il en la fixant avec intensité. Et puis, quatre semaines, ce n'est pas si long. Surtout si on considère que nous allons passer le reste de notre vie ensemble…

Ashley n'était pas sûre de savoir comment réagir. Jake lui avait tellement manqué au cours des quatre dernières années ! Comment pourrait-elle supporter cette nouvelle attente ?

Elle baissa les yeux.

— Si c'est ce que tu souhaites…

Jake se dirigea vers le téléphone.

— On prend notre petit déjeuner et on y va ? J'aimerais passer la journée avec Lachlan. D'ailleurs, il doit se demander où nous sommes.

Assise sur le perron de leur future maison, Ashley regardait Lachlan apporter la touche finale à la cabane que Jake avait construite dans l'orme.

Presque quatre semaines s'étaient écoulées depuis l'annonce de leur mariage, et Jake s'en était tenu à sa promesse : pas une fois, il n'avait essayé de la toucher. Avec l'effervescence liée aux préparatifs du mariage, ils avaient de toute façon passé très peu de temps en tête à tête, et Ashley le soupçonnait même d'être volontairement resté éloigné d'elle afin de ne pas être tenté.

Pour sa part, Jake lui avait affreusement manqué. Aujourd'hui, à une journée du mariage, elle éprouvait le plus grand mal à contenir sa nervosité. Chaque fois qu'il lui souriait ou plongeait ses yeux sombres dans les siens, ses jambes se mettaient à trembler.

— Que penses-tu de notre cabane, Ashley ? lui demanda-t-il en se dirigeant vers elle, la main de Lachlan dans la sienne.

Ashley sourit en voyant le visage de son petit garçon rayonner de joie. Depuis quatre semaines, il n'avait plus quitté son père d'une semelle, comme s'il craignait de le voir disparaître, et il s'épanouissait de jour en jour à son contact. Même si Jake et elle n'avaient pas un grand avenir ensemble, une chose était sûre : Lachlan et son père avaient tissé des liens très forts, et elle ne ferait jamais rien qui puisse nuire à leur relation.

— C'est une très belle cabane.

Jake l'aida à se mettre debout, et elle sentit tout son corps s'enflammer quand ses mains se posèrent sur elle.

— Demain à la même heure, nous serons mari et femme, murmura-t-il en la regardant droit dans les yeux.

Submergée par l'émotion, Ashley fut incapable de lui répondre.

Jake tourna la tête vers la maison. La façade avait été entièrement refaite. A l'intérieur, les murs avaient été repeints, le plancher rénové et ciré, les salles de bains et la cuisine remises à neuf, les rideaux défraîchis remplacés par des voilages de soie sauvage, et des tapis moelleux disposés dans les différentes pièces, désormais équipées de meubles modernes et fonctionnels. A part une petite écritoire qui avait appartenu à sa mère, rien n'avait été conservé et les antiquités avaient rejoint l'entrepôt de Howard.

Jake poussa un soupir.

— Tu ne trouves pas qu'on dirait une vraie maison, maintenant ? lui demanda-t-il.

— Oui, approuva-t-elle. Je la reconnais à peine. Elle est si accueillante…

— Papa, je peux jouer avec mes voitures ? demanda soudain Lachlan en tirant sur la main de son père.

— Bien sûr, répondit-il en lui ébouriffant les cheveux. Merci de m'avoir aidé ! Sans toi, j'aurais eu du mal à finir la cabane…

Un large sourire de fierté illumina le visage de Lachlan.

— Je t'aime, papa. Je t'aime très fort ! dit-il en serrant les jambes de son père entre ses bras.

Jake s'accroupit à hauteur de son fils.

— Je t'aime aussi, mon grand. Plus que je ne saurais te le dire.

Puis il leva la tête vers Ashley.

— Parfois les mots ne suffisent pas, ajouta-t-il en la regardant fixement.

Ashley sentit les larmes lui monter aux yeux et elle dut lutter de toutes ses forces pour ne pas pleurer. Jamais auparavant elle n'avait entendu Jake prononcer des mots d'amour.

Tandis que leur fils s'éclipsait pour aller jouer dans le jardin, Jake se redressa et la regarda.

Ashley se passa la langue sur les lèvres.

— Je m'étais promis il y a très longtemps que je ne dirais plus jamais ces mots, lui confia-t-il avec un sourire triste.

— Pourquoi ? demanda-t-elle doucement.

Il y eut un bref silence, chargé d'intensité.

— Tu te souviens quand je t'ai parlé de ma petite chienne ?

Ashley hocha la tête.

— Je l'aimais vraiment beaucoup, reprit-il après une courte pause. Un jour, mon père m'a entendu le lui dire, et il s'est aussitôt débarrassé d'elle.

Elle se mordit la lèvre pour retenir ses larmes.

— Oh, Jake…, dit-elle d'une voix tremblante.

Il sortit de sa poche un objet qu'il lui tendit en silence. Il s'agissait d'une laisse en cuir rouge avec une médaille qui cliquetait contre une petite boucle argentée. Ashley retourna la médaille. Le nom « Patch » y était gravé.

Ashley leva les yeux vers Jake et elle ne put empêcher les larmes de couler sur ses joues en voyant à quel point il semblait bouleversé.

— Jake…

Il pressa un doigt contre ses lèvres.

— Chut ! Pendant que je le peux, laisse-moi t'avouer quelque chose, murmura-t-il avant de prendre une profonde inspiration. Je t'aime… J'ai eu envie de te le dire dès notre première rencontre, mais le courage m'a manqué. A cause de moi, tu as souffert. J'aurais tant aimé passer les quatre années écoulées à tes côtés et voir grandir Lachlan. J'espère qu'un jour, tu pourras me pardonner.

Les larmes continuaient à inonder son visage sans qu'elle puisse les arrêter.

— Ce n'était pas ta faute… Je t'aime… Je t'aime depuis si longtemps… Je… je…

Jake la pressa contre lui, enfouissant son visage dans ses cheveux.

— Je ne vous mérite pas, Lachan et toi. Vous êtes si merveilleux ! J'ai peur de détruire votre vie.

— Ne dis plus jamais ça ! s'exclama Ashley en prenant le visage de Jake entre ses mains et en le regardant droit dans les yeux. Tu es l'homme le plus formidable que je connaisse. Tu n'es pas comme ton père, tu m'entends ?

Jake avait le regard brillant quand il baissa les yeux sur elle.

— Je ne m'étais pas rendu compte qu'aimer pouvait faire si mal. Quand j'ai pris la décision de te revoir, je ne m'imaginais pas que je serais à ce point bouleversé. Mais il a suffi d'une seconde pour que j'aie le souffle coupé et que mon cœur se mette à battre à tout rompre…

— Oh, Jake…, répondit-elle d'une voix brisée par l'émotion. Que de temps perdu pour rien ! J'ai ressenti la même chose ce soir-là… Mais je ne voulais surtout pas que tu t'aperçoives que je t'aimais encore. J'avais peur que tu me trouves ridicule.

Jake la regarda d'un air grave.

— Promets-moi que tu continueras à me dire que tu m'aimes, Ashley, lui demanda-t-il d'une voix rauque. J'étais si petit quand ma mère est morte… Je ne me rappelle pas avoir entendu quelqu'un me le dire. Tu n'imagines pas à quel point ces mots me réchauffent le cœur.

— Je t'en fais le serment.

Jake tendit la main vers elle et essuya doucement les larmes qui coulaient sur les joues de la jeune femme.

— Je t'aime, Ashley.

— J'ai l'impression de rêver…

— Il va pourtant falloir que tu t'y habitues. J'ai l'intention de te le répéter environ dix fois par jour pour rattraper le temps perdu.

— Dix fois par jour, c'est tout ? dit-elle avec un petit sourire taquin. Tu comptes faire quoi, le reste du temps ?

Jake plongea ses yeux dans les siens.

— Récemment, tu as insisté pour que deux grands bancs soient installés dans la cuisine. Je me suis demandé ce qui avait bien pu te passer par la tête pour que tu t'intéresses d'aussi près à la décoration d'une pièce où tu ne mets pratiquement jamais les pieds. Et puis, j'ai compris…

Inquiète, Ashley sentit son estomac se nouer.

— Trois chaises, ce n'était pas suffisant, n'est-ce pas ? poursuivit-il en lui lançant un regard qui la fit fondre.

Ashley se contenta de sourire.

Épilogue

Huit mois plus tard…

Comme tous les jours depuis quelques mois, Ashley s'employait à aménager un nid douillet pour sa petite famille. Depuis qu'elle avait découvert qu'elle était enceinte, elle n'avait cessé de s'affairer dans la maison, arrangeant les pièces au gré de son humeur. Le bébé devait naître dans moins d'un mois, et il n'y avait plus une minute à perdre.

Ashley demanda une nouvelle fois à Jake de changer un meuble de place, et, en passant devant lui pour indiquer l'endroit précis où elle le voulait, elle le frôla de son ventre rond.

Jake lui sourit tendrement, songeant qu'en moins d'un an, sa vie avait changé du tout au tout. Il était marié avec une femme merveilleuse, il était le père d'un adorable garçon de quatre ans, et bientôt d'une petite fille. Désormais, il ne pensait plus que très rarement à son enfance, et il savait que seuls l'amour d'Ashley et l'affection débordante de son fils avaient permis à ses cicatrices de se refermer. Aujourd'hui encore, chaque fois que Lachlan levait vers lui ses grands yeux noirs, qui ressemblaient tellement aux siens, Jake était envahi par une profonde émotion.

— Non… Finalement, je pense que ce serait mieux si tu le mettais là-bas, dit-elle en se tournant vers lui. Qu'en penses-tu, chéri ?

Jake la contempla un instant, s'attardant sur sa poitrine épanouie, avant de plonger ses yeux sombres dans les siens.

— Si je te disais à quoi je pense en ce moment, tu rougirais jusqu'aux oreilles.

Ashley prit son air le plus innocent.

— Ah oui ? Et à quoi penses-tu, au juste ?

Jake la fit reculer doucement, jusqu'à ce qu'elle bute contre l'écritoire.

— Que tu es la mère la plus sexy que je connaisse, dit-il en posant une main sur son ventre. Malheureusement, Mia et Ellie vont arriver d'une minute à l'autre avec Lachlan. Mais tu ne perds rien pour attendre…

Ashley fut parcourue par un frisson et sentit ses jambes se dérober. Alors qu'elle s'agrippait à l'écritoire pour se retenir, il y eut un grand craquement, et elle se retrouva avec une partie du placage dans la main.

— Oh, non !

— Tu ne t'es pas fait mal ? lui demanda Jake d'un air inquiet, en l'aidant à retrouver son équilibre.

Ashley secoua la tête et se tourna vers le meuble pour constater l'étendue des dégâts.

— Non, mais…

Elle s'arrêta brutalement en remarquant que le morceau de bois arraché avait mis au jour un minuscule compartiment secret, dans lequel se trouvait une enveloppe. Elle la sortit de l'écritoire et la parcourut rapidement des yeux.

— Je crois reconnaître l'écriture de ta mère, dit-elle en la lui tendant. Le courrier est adressé à un homme, en Nouvelle-Zélande…

Jake ouvrit l'enveloppe et en sortit une longue lettre. Il en dévora chaque mot, page après page, dans un silence recueilli. Dans la pièce, il n'y avait nul autre bruit que le léger craquement du papier, un papier qui n'avait pas vu la lumière depuis près de trente ans.

— Qu'est-ce qu'elle dit ? demanda doucement Ashley, en voyant les yeux de son mari s'embuer de larmes.

Après avoir pris une profonde inspiration, Jake leva la tête vers elle.

— Tu avais raison, Ashley. Depuis le début, tu avais raison, répondit-il en s'efforçant à grand-peine de contrôler son émotion.

— D… de quoi parles-tu ? demanda-t-elle d'une voix tremblante.

— Ce courrier est adressé à mon père, répondit-il en s'essuyant les yeux. A mon vrai père.

— Tu veux dire que… ?

— Harold Marriott ne pouvait pas avoir d'enfants, expliqua-t-il en baissant de nouveau les yeux sur la lettre, comme s'il craignait que l'encre ne se soit effacée. Il a eu un cancer quand il était jeune, et le traitement qu'il a suivi l'a rendu stérile.

— Alors, tu n'es pas…

Ashley ne réussit pas à en dire davantage, tant elle était émue.

— Ma mère était enceinte de cinq mois quand elle a épousé Harold Marriott, reprit Jake. Elle n'a pas dit à mon vrai père qu'elle attendait un enfant de lui parce qu'il était marié. Mais quand elle a su qu'elle allait mourir, elle a décidé de lui écrire. Son état a dû brutalement s'aggraver, et elle n'aura pas eu le temps d'envoyer la lettre.

— Oh, Jake…

Il la serra tout contre lui et enfouit le visage dans son cou.

— Tu avais raison, Ashley. Je ne suis pas comme lui…

Elle le regarda, les yeux brillants de larmes.

— Oh, mon Dieu ! Je suis tellement heureuse pour toi, Jake ! Désormais, tu n'as plus à avoir peur. Je t'aime si fort ! Je t'aimerai toujours…

« Je t'aimerai toujours. » Ces mots le touchèrent au plus profond de son âme, et tandis qu'ils résonnaient en lui, Jake songea, le cœur gonflé de bonheur, que l'amour d'Ashley accomplissait des miracles…

Retrouvez en août 2019, dans votre collection

Azur

Le secret de Manhattan, de Kate Hewitt - N°4114

ENFANT SECRET

Un gratte-ciel de Manhattan, des lumières qui scintillent derrière de vastes baies vitrées. Voilà le décor dans lequel Maisie fait le ménage, la nuit, pour un jour atteindre ses rêves. Habituée à arpenter les couloirs dans la solitude, quelle n'est pas sa surprise de découvrir, un soir, un homme attardé au bureau. Un homme splendide nommé Antonio Rossi, et dont la tristesse lui étreint le cœur. Bientôt, tous deux se laissent aller à quelques confidences, puis à une étreinte passionnée. Une folie qui n'est pas sans conséquences…

Cet insupportable patron, de Cathy Williams - N°4115

COUP DE FOUDRE AU BUREAU

Face à Matt Strickland, Tess sent la colère l'envahir. Cet homme d'affaires brillant qui vient de l'embaucher pour s'occuper de sa fille, la considère avec une insupportable condescendance. Elle aimerait lui dire le fond de sa pensée, mais elle se doit pourtant de rester calme et professionnelle. Non seulement Tess a cruellement besoin de cet emploi, mais surtout, il n'est pas question qu'elle abandonne la petite Samantha aux seuls soins de ce père autoritaire et débordé…

Irrésistible Jafar, de Rachael Thomas - N°4116

LES PRINCES DU DÉSERT

« Je veux vous engager… pour être ma femme. » La proposition de Jafar al-Shehri laisse Tiffany sans voix. Certes, elle est réputée pour organiser de somptueux mariages, mais de là à endosser le rôle d'épouse, il y a un pas ! Pourtant, Jafar sait se montrer persuasif : il s'agirait d'une union platonique de trois mois seulement. Si bien que Tiffany accepte de suivre le cheikh au Shamsumara… au risque de bientôt le regretter !

Une vengeance grecque, de Trish Morey - N°4117

Athéna n'en revient pas. Son père, si peu présent dans sa vie, vient de tout lui léguer : sa fortune, une villa grecque, un immense yacht, un hélicoptère… Et surtout, l'île d'Argos ! Alors qu'elle prend timidement les rênes de sa nouvelle vie, elle tombe sous le charme d'Alexios Kyriakos. Parce qu'il est lui-même milliardaire, elle est sûre que c'est à elle seule qu'il s'intéresse, et non à son héritage. Hélas, elle découvre bientôt que son amant ne l'a séduite que pour se venger de sa famille…

Les vœux d'une héritière, de Louise Fuller - N°4118

« Je le veux. » Rien ne pouvait davantage réjouir Max Montigny que d'entendre Margot Duvernay lui promettre amour et fidélité. Autrefois rejeté par la famille de la belle héritière, il a connu le pire. Jusqu'à ce que, à force de volonté et de travail, il revienne sur le devant de la scène. Aujourd'hui, afin de préserver son domaine et les vignobles de champagne dont elle est la PD-G, Margot n'a eu d'autre choix que de l'épouser. Et cette union sous contrainte est pour lui la plus délicieuse des vengeances…

Mariée à Dante Vittori, de Tara Pammi - N°4119

Épouser Dante Vittori ? À cette seule pensée, Alisha frémit tout entière. Bien qu'il soit l'objet de tous ses fantasmes, le bel Italien est son ennemi juré. Certes, il ne s'agirait que d'une union de convenance entre eux, et qui lui garantirait des fonds inépuisables pour la fondation qu'elle dirige. Mais à côtoyer Dante, ne risque-t-elle pas de perdre tout contrôle ? Les risques sont bien réels, en effet : chaque regard échangé pourrait éroder sa résistance, et la frontière entre haine et amour se troubler dangereusement…

L'honneur d'une Sicilienne, de Jennifer Hayward - N°4120

Née dans une famille de mafieux siciliens, Gia Castiglione s'est toujours pliée aux ordres de son clan. Jusqu'à cette nuit-là où, grisée par le désir, elle s'est abandonnée dans les bras de Santo Di Fiore, oubliant alors qu'elle était promise à un autre. Si cet instant d'égarement a bouleversé sa vie jusqu'à la contraindre à fuir aux Bahamas, Gia ne l'a pas regretté. Car un enfant est né de cette union interdite. Un enfant qu'elle a protégé durant trois ans, mais dont Santo est aujourd'hui venu réclamer la paternité…

L'héritier de Rodrigo Cabrera, de Jennie Lucas - N°4121

SÉRIE : *HÉRITIERS SECRETS & SCANDALEUSES MARIÉES* - 3/3

Rejetée avec mépris par Rodrigo Cabrera, Lola lui a caché être enceinte de lui. Hélas, maintenant que le milliardaire a découvert son secret, il exige que son héritier porte son nom ! Bientôt mariée sous la contrainte, Lola tente de résister à Rodrigo, si arrogant et distant avec elle. Mais emportée par la passion, elle comprend que, face au désir, il ne peut y avoir qu'une seule issue : la reddition...

Les roses de la passion, de Melanie Milburne - N°4122

SÉRIE : *D'AMOUR ET DE HAINE* - 1/2

Fleuriste, elle sublime les mariages. Avocat, il plaide en faveur du divorce. Autant dire que tout sépare Holly de Zack. Du moins, jusqu'à ce qu'ils soient déclarés fiancés, bien malgré eux. Dès lors, et pour tirer profit de cette situation scandaleuse, Holly décide de se prêter au jeu. Mais elle a beau lutter contre le désir qui la rapproche de Zack, elle sent peu à peu ses résolutions vaciller. Au point qu'elle oublie soudain qu'il ne s'agit entre eux que d'une comédie...

Au service d'un cheikh, de Sharon Kendrick - N°4123

Hannah peut être fière de son parcours. L'orpheline sans racines travaille aujourd'hui dans un hôtel qui symbolise le luxe absolu, sur une île méditerranéenne de toute beauté. Dans ce palace défilent princes et hommes d'affaires, héritières et stars hollywoodiennes. Habituée à côtoyer les puissants en toute discrétion, elle n'en est pas moins impressionnée d'être un jour mise au service exclusif du cheikh Kulal al-Diya. Face au roi du désert, dont l'aura virile la captive, la femme de chambre réservée n'est soudain plus que désir...

Une tentation interdite, de Dani Collins - N°4124

Depuis toujours, Rowan O'Brien représente le fruit défendu pour Nico. Rowan, la femme dont les traits délicats et les courbes voluptueuses hantent ses longues nuits d'insomnie, mais aussi la seule femme qui lui soit interdite. Non seulement parce que son propre père considérait Rowan comme la fille qu'il n'avait jamais eue, mais aussi parce qu'il déteste l'homme brûlant de désir et impulsif qu'il devient en sa présence. Pourtant, lorsque la mort de leurs parents les oblige à cohabiter, le temps de régler la succession, Nico sent ses résolutions vaciller. Pourquoi ne pas céder à la tentation, juste une fois ?

Composé et édité par HarperCollins France.

Achevé d'imprimer en juin 2019.

CPi
BLACK PRINT

Barcelone

Dépôt légal : juillet 2019.

FSC
www.fsc.org
MIXTE
Papier issu de sources responsables
FSC® C108412

Pour limiter l'empreinte environnementale de ses livres, HarperCollins France s'engage à n'utiliser que du papier fabriqué à partir de bois provenant de forêts gérées durablement et de manière responsable.

Imprimé en Espagne.